Tom Wertz
Das Rätsel um den Schatz der Pharaonen

TOM WERTZ

DAS RÄTSEL UM DEN SCHATZ DER PHARAONEN

Knacke die Rätsel und lüfte die Geheimnisse der Pyramide

Lübbe

Die Bastei Lübbe AG verfolgt eine nachhaltige Buchproduktion.
Wir verwenden Papiere aus nachhaltiger Forstwirtschaft und verzichten darauf, Bücher einzeln in Folie zu verpacken. Wir stellen unsere Bücher in Deutschland und Europa (EU) her und arbeiten mit den Druckereien kontinuierlich an einer positiven Ökobilanz.

MIX
Papier | Fördert gute Waldnutzung
FSC® C014496

Originalausgabe

Textredaktion: Dorothee Hippel
Umschlaggestaltung: Massimo Peter-Bille
Umschlagmotiv: © Shutterstock: ducu59us | Morphart | Creation | Sanches11
Illustrationen: Mira Schmidt, Köln
Satz: GGP Media GmbH, Pößneck
Gesetzt aus der Adobe Caslon
Druck und Verarbeitung: GGP Media GmbH, Pößneck

Printed in Germany
ISBN 978-3-431-07054-5

2 4 5 3 1

Sie finden uns im Internet unter luebbe.de
Bitte beachten Sie auch: lesejury.de

Inhaltsverzeichnis

Bei der Herstellung dieses Buches wurden nur ökologisch einwandfreie Papyri und frei laufende Pharaonen verwendet.

1
Der Weg ins Abenteuer

Unser Rätselabenteuer beginnt an einem frühen Nachmittag im Londoner Regent's Park. Hier verbringt Joanne Stone, unsere Heldin, gern ihre Mittagspause. Am liebsten auf einer Bank an einem Springbrunnen. Manchmal kommen hier auch Touristen vorbei, setzen sich auf eine der Bänke und rätseln, wie alt der Park wohl schon sein mag. Wenn sie dann herausfinden – im Netz oder ganz oldschool in einem Reiseführer – dass der Park Anfang des 19. Jahrhunderts entworfen wurde, aber Vorformen schon im Mittelalter bestanden, zeigen sie sich meist beeindruckt. So alt! Aber andererseits: London ist ja auch schon über zweitausend Jahre alt, kein Wunder also, dass es hier jede Menge von diesem altehrwürdigen Zeug gibt.

Joanne würde das keineswegs bestreiten, aber was Altertum und Epochen angeht, denkt sie in anderen Dimensionen. Sie kennt sich mit Zivilisationen aus, die vor fünftausend Jahren am südlichen Mittelmeer blühten, zu einer Zeit, als die Gegend, die später London hieß, noch nicht viel mehr war als ein Stückchen Fluss mit ein bisschen Wiese entlang des Ufers. Joanne ist eine junge Archäologin. Das alte Ägypten gehört zu ihren Spezialgebieten. Clever, wissbegierig und vielleicht manchmal zu impulsiv schlittert sie in Situationen, in denen sie ein wenig Hilfe gebrauchen könnte. Wir hoffen, sie kann dann mit dir rechnen.

Noch ist die Welt jedoch in Ordnung. Joanna beendet ihre Mittagspause und macht sich auf den Weg zu ihrer Arbeitsstelle, direkt neben dem Petrie Museum of Egyptian Archaeology. Hier gibt es über 80.000 Funde aus altägyptischer Zeit, eine der größten Sammlungen weltweit.

Aufgabe

Damit du dich schon mal auf die kommenden Abenteuer einstimmen kannst, hier was Einfaches zum Start: Zeichne in den beiliegenden Stadtplan Joannes Weg von Park zum Institut ein.

1.) Laufe aus dem Park Richtung Süden zur nächstgelegenen U-Bahn-Station.

2.) Steige in die »Tube«. Fahre zwei Stationen Richtung Osten.

3.) Steige entgegen der Fahrtrichtung aus, laufe an der Stadtautobahn entlang Richtung Westen und biege links in die nächste große Straße ein. Laufe weiter Richtung Süden.

4.) Biege an der zweiten Kreuzung links ab und folge der verwinkelten Gasse bis zum Ende.

5.) Du hast dein Ziel erreicht. Mache auf der Karte ein Kreuz an der Stelle, wo sich Joannas Arbeitsstelle befindet.

2
Das geheimnisvolle Institut

Wenn du genau gelesen hast, ist dir bestimmt aufgefallen, dass Joanne nicht im Petrie Museum arbeitet, sondern daneben. Ihre Arbeitsstelle nennt sich Institut zum Studium der *Very Important Pharaos*, unter Kollegen auch einfach nur VIP genannt.

Das Institut steht an der Anubis Lane, einer Adresse, die – ähnlich wie der Bahnsteig 9 3/4 eines gewissen Zauberlehrlings – nur für Eingeweihte sichtbar ist. Du wirst sie auf keinem Stadtplan der Welt finden.

Im VIP wird emsig geforscht. Hier werden manchmal sensationelle Entdeckungen gemacht, die unser Bild des alten Ägyptens auf den Kopf stellen können. Joanne ist an so einem Fall dran.

Aufgabe

Doch bevor sie weiterarbeiten kann, muss sie durch die Eingangstür. Und die ist mit einem vierstelligen Code gesichert. Die ersten drei Zahlen hat Joanne geknackt. Kannst du die vierte Ziffer entschlüsseln?

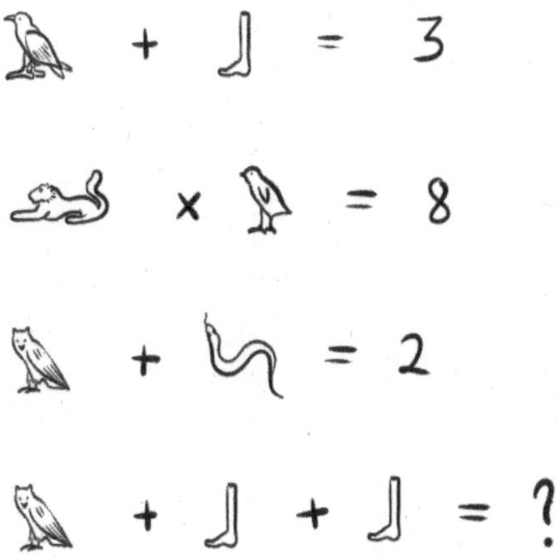

TIPP

Offenbar ist die Anzahl der Tiere bzw. Körperteile nicht die Lösung. Aber etwas Zählbares muss es an ihnen doch geben, oder?

Gypt's das wirklich?

Anubis war im Alten Ägypten der Gott des Übergangs vom Leben zum Tod. Er wurde oft mit einem Schakalkopf dargestellt und galt als unbestechlicher Richter.

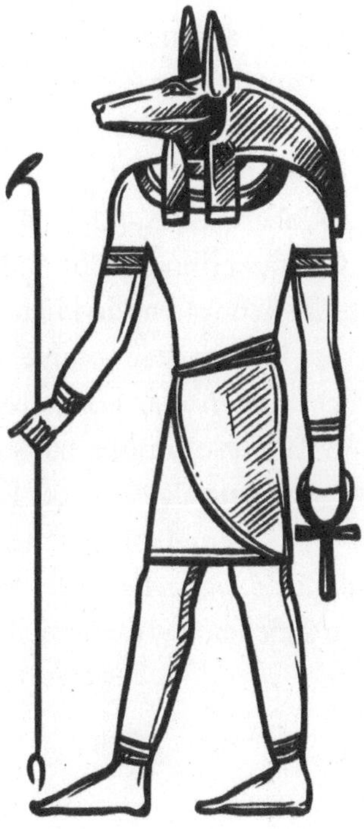

3
Hieroglyphen üben

Bevor wir mehr über Joannes neueste Entdeckung berichten, hier ein bisschen Handwerkszeug. Das, was wir über die alten Ägypter wissen, stammt einerseits aus Grabfunden, Denkmälern und Ausgrabungen und andererseits aus Texten, die von ihnen selbst verfasst wurden. Die verwendete Schrift nennen wir Hieroglyphen. Das heißt, das ist die Bezeichnung, welche die alten Griechen benutzten. »Hieroglyphe« bedeutet so viel wie »heiliges Zeichen«, aber wenn du dich beim Lesen von Hieroglyphen eher an Comics erinnert fühlst, liegst du damit gar nicht so falsch. Ursprünglich waren die Hieroglyphen eine Bilderschrift, für das Wort Vogel wurde somit eben ein Vogel »geschrieben«, erst später wurden den Hieroglyphen auch Laute zugeordnet, und dann dauerte es immer noch eine ganze Weile, bis das entstand, was wir heute als Alphabet kennen.

Doch für Joanne sind Hieroglyphen so vertraut und alltäglich, wie für dich möglicherweise Emojis. Deshalb ist es nicht verkehrt, sich mit den Zeichen ein wenig mehr vertraut zu machen.

Aufgabe

Für Joannes Job ist es wichtig, Hieroglyphen fließend lesen zu können. Um das zu üben, entwickelte Joanne eine Art Hieroglyphen-Sudoku. Das funktioniert wie das Sudoku mit Zahlen, nur, dass hier für jede Zahl eine Hieroglyphe steht. In jedem Kästchen, in jeder Spalte und jeder Zeile darf eine Hieroglyphe nur einmal vorkommen. Kannst du Joannes Hieroglyphen-Sudoku vervollständigen?

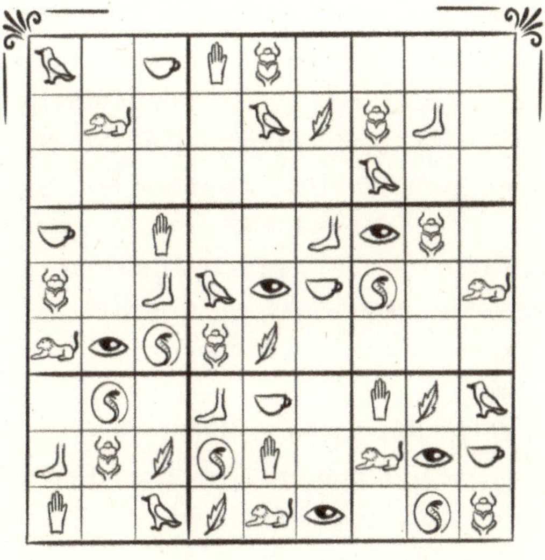

TIPPS

1.) Checke zuerst: Gibt es Kästchen, Zeilen oder Spalten, wo nur eine Hieroglyphe fehlt? Dann ist es leicht, die Lücke zu ergänzen.

2.) Gibt es Kästchen, Zeilen oder Spalten mit zwei freien Feldern? Auch hier lässt sich die Lösung eingrenzen. Von den zwei Alternativen kann nur die verwendet werden, die in Kästchen, Zeile oder Spalte nicht noch mal vorkommt.

3.) Nach diesen beiden Methoden lassen sich meist recht viele Felder füllen. Doch oft kommt man an eine Grenze. Nun gibt es immer noch Kästchen, Zeilen oder Spalten mit drei – oder mehr – freien Feldern. Zwar ließe sich auch hier mit Entweder-Oder-Strategien arbeiten, aber bei einfachen Sudokus (ja, Joanne hat dir zum Anfang ein einfaches Rätsel gebastelt) kommt man auch ohne aus. Hier hilft es, die drei Kästchen-Streifen nacheinander zu untersuchen.

Beispiel: Kommt im ersten Streifen die Hieroglyphe j schon in zwei Kästchen in zwei Zeilen vor, dann lässt sich die Position im dritten Kästchen leicht feststellen. Hat man so weitere Felder gefüllt, kann man wieder zu den Schritten 1.) und 2.) zurückkehren und das gesamte Rätsel lösen.

Hieroglyphen entstanden ca. 3.000 v. Chr. Sie konnten sowohl für einen Begriff als auch für einen Laut stehen. Bei den alten Ägyptern konnten nur etwa fünf Prozent der Bevölkerung schreiben. Das waren im Wesentlichen die Wesire und die höheren Beamten. Wer nicht schreiben konnte, musste zu einem professionellen Schreiber gehen, um sich seine Texte notieren zu lassen. Die Hieroglyphen-Schrift wurde für offizielle Texte und Anlässe verwendet. Im Alltag nutzte man das Hieratische, eine Art Kursivschrift. Die Bezeichnung stammt, wie bei den Hieroglyphen, aus dem Griechischen. Mit ihren Aufzeichnungen haben die alten Griechen dafür gesorgt, dass wir auch heute noch ziemlich viel über die alten Ägypter wissen. Der Wortstamm »Hier« steht in beiden Worten für »heilig« und »Glyph« ist das Zeichen. Hieratisch wurde nicht in Ton geritzt, sondern mit Binsenstängeln geschrieben. Daher bietet sich die Eselsbrücke an: Die Hieroglyphen wurden bei festlichen Anlässen verwandt, das Hieratische nutzte man für die Binsenweisheiten.

4
Ein neuer Pharao?

Ein Pharao war bei den alten Ägyptern der oberste Boss, der *capo tutti capi.* Ihm mussten nicht nur alle im Land gehorchen, sondern ein Pharao war im Nebenberuf auch Gott, der gehörig angehimmelt werden musste. Und wenn einem Pharao die Religion seines Vorgängers nicht passte, dann befahl er seinen Untertanen, dass sie von nun an einen neuen Gott zu verehren hatten.

Es gibt viele bekannte Pharaonen: Ramses, Tutanchamun oder Echnaton, um nur einige zu nennen. Die meisten von ihnen sind im Tal der Könige begraben. Das liegt in der Nähe von Luxor. Die alten Griechen – ja, der Eindruck täuscht nicht, vieles, was wir über die alten Ägypter wissen, haben wir von den alten Griechen erfahren – sprachen von einer *Nekropolis*, einer Stadt der Toten. Doch auch wenn die alten Griechen an den alten Ägyptern zeitlich viel näher dran waren, als wir es sind, galt auch in hellenischen Augen Ägypten als ein Land, das Tausende Jahre vor ihrer Zeit existiert hatte.

Mittlerweile wissen wir jedoch viel mehr über das alte Ägypten als die Griechen der Antike und eigentlich dachte man, dass es gerade im Tal der Könige keine Geheimnisse mehr zu lüften gäbe. Doch Joanne hat einen Pharao entdeckt, von dem bislang noch kein Mensch gehört hat: Natseput.

Und auf die Spur von Natseput kam sie, in dem sie zwei Pharaonen-Abbilder miteinander verglich, die beide Ramses darstellen sollten.

Aufgabe

Joanne bemerkte, dass sich die beiden Abbilder in sieben Punkten unterschieden. Aber wo genau? Betrachte das Pharaobild konzentriert für 20 Sekunden. Blättere dann um und markiere auf der nächsten Seite die Unterschiede.

TIPPS

1.) Auch wenn die Zeit läuft, lass dich nicht nervös machen.
2.) Teile das Bild in Sektoren. Zum Beispiel: Kopf. Rumpf. Hände. Was fällt dir in jedem Sektor auf?

Gypt's das wirklich?

Die Geißel und der Hirtenstab – den es auch heute noch bei den Bischöfen gibt – waren Symbole der Macht des Pharaos. Ebenso der Bart, der künstlich war und hinter dem Kopf zusammengebunden wurde.
Der Titel Pharao stand übrigens ursprünglich nicht für Herrscher, sondern bedeutete so viel wie »großes Haus«. Im Laufe der Zeit verschmolz also der Name der Adresse mit dem Menschen, der darin wohnte.

5
Wie kam der Dieb herein?

Auf den Fluren des Instituts für die wirklich, wirklich bedeutenden Pharaonen herrscht an diesem Nachmittag emsiges Treiben. Alles strebt in die Aula des Instituts, denn dort soll Joanne der Fachwelt ihre verblüffenden Erkenntnisse präsentieren.

Selbstverständlich ist Joanne aufgeregt. Im Geiste geht sie immer wieder die wichtigsten Punkte ihres Vortrags durch. Dann atmet sie tief durch und geht in ihr Büro, um das Manuskript für ihr Referat zu holen.

Doch in ihrem Büro macht sie eine schreckliche Entdeckung: Es wurde durchsucht, Schubladen und Schränke aufgerissen, alles durchwühlt.

Schnell kontrolliert Joanne das Inventar. Von den Artefakten und Relikten ist noch alles da, aber das Skript für den Vortrag ist verschwunden. Joanne ist sich sicher: Das kann kein Zufall sein. Hier ist ein Dieb zugange gewesen, der sehr genau wusste, was er wollte. Aber wie kam er herein?

Aufgabe

Joanne informiert sofort Miss Myrtle Turtle, die Kuratorin des VIP-Instituts. Miss Myrtle Turtle will sofort alle Mitarbeiter antreten und befragen lassen, doch für Joanne steht fest: Der Dieb kam von außen. Weißt du, warum?

6
Calling Karam

Miss Myrtle Turtle ist die Chefin von Joanne. Das berufliche Verhältnis der beiden Frauen ist nicht frei von Spannungen. Myrtle war früher selbst eine erfolgreiche Archäologin. Einst wurde sie dafür gefeiert, eine bis dahin völlig unbekannte Statue des kleinen Cheops entdeckt zu haben. Doch das ist schon lange her. Da ihr in den letzten Jahren keine spektakulären Funde mehr gelangen, ist sie griesgrämig geworden.

Humorlos besteht Miss Myrtle Turtle darauf, dass Joanne den Vortrag auch ohne ihre Unterlagen hält. Da hat Joanne eine Idee.

Bei den Ausgrabungen in Ägypten arbeitete sie mit Karam Ashour zusammen. Karam ist der aufsteigende Stern am Archäologenhimmel. Er weiß nicht nur verdammt viel über das alte Ägypten, er sieht auch noch unverschämt gut aus, weshalb ihn einige Kolleginnen auch den Elyas M'Barek der Archäologie nennen. Und nun scheint es dringend geboten, sich mit dem Kollegen in Verbindung zu setzen.

Aber, das sei an dieser Stelle noch einmal betont, zuallererst geht es hier um fachliche Fragen. Joanne hat der Menschheitsgeschichte ein Geheimnis entrissen und offenbar gibt es da jemanden, der genau dieses Geheimnis wieder verschwinden lassen will.

Aufgabe

Leider befindet sich Karams Mobilnummer in den geklauten Unterlagen. Doch zum Glück hat Joanne noch den Spickzettel, mit dessen Hilfe sich Karam selbst die Nummer merkte. Allerdings weiß Joanne nicht mehr genau, wie. Kannst du ihr helfen?

TIPPS

1.) Da es sich um eine Telefonnummer handelt, muss es sich um Zahlen drehen. Aber welche?
2.) Was ist die Bedeutung der Monde und der Sonne über den Zifferblättern?
3.) Falls du einen Einstieg brauchst, googele doch mal die Vorwahl für Ägypten.

Gypt's das wirklich?

Die alten Ägypter maßen die Zeit mithilfe von Sonnenuhren, von denen einige noch heute erhalten sind. Die Zeit zwischen Sonnenaufgang und Sonnenuntergang wurde in Stunden (in der Regel zwölf) unterteilt. Nachts gab es zunächst keine Unterteilung, da war es einfach »finster«.

7
Die erste Spur

Doch als Joanne Karam anruft, ertönt nur eine automatische Ansage. Und keine Möglichkeit, eine Nachricht zu hinterlassen. Sehr merkwürdig. Aber noch wichtiger ist die Frage: Was soll Joanne jetzt machen? Sie verlässt ihr Büro und hört, wie die wartende Menge in der Aula immer ungeduldiger wird.

Joanne gesteht schließlich Miss Myrtle Turtle, dass sie ohne die Unterlagen den Vortrag nicht halten kann. Zu viele Details, zu viele Daten, zu viele historische Zitate. Das kann ein Mensch unmöglich alles im Kopf haben. Miss Myrtle Turtle wird fuchsteufelswild. Die Absage wirft ein schlechtes Licht auf das VIP-Institut. Miss Myrtle Turtle will nun alles auf den schludrigen Praktikanten Bert schieben, doch das möchte Joanne nicht zulassen, denn das wäre unfair.

Sie tritt vor die versammelte Fachwelt und berichtet, dass der neue Pharao Natseput noch nicht präsentiert werden kann. Enttäuschung macht sich breit, aber bei manchen Kollegen auch Schadenfreude. Archäologen sind am Ende ebenfalls nur Menschen, und Neid ist ihnen nicht fremd. Mit einer Entdeckung wie der des Pharaos Natseput, würde Joanne zum absoluten Superstar in der Archäologenszene werden. Das gönnt ihr nicht jeder. Könnte hinter dem Diebstahl somit auch ein neidischer Kollege stecken?

Joanne ist sicher, dass sie alles aufklären kann. Doch erst mal sind ihr die Hände gebunden. Denn Miss Myrtle Turtle verbannt Joanne ins Archiv, wo sie Götzen sortieren soll.

Aufgabe

Bevor sie damit anfangen kann, meldet sich Praktikant Bert. Er bedankt sich dafür, dass Joanne verhindert hat, dass er der Meute als Sündenbock präsentiert wird. Und er hat die Bänder der Überwachungskamera am Eingang gecheckt. Dort sind in der fraglichen Zeit vier Frauen durch die Tür hinausgegangen. Eine trug einen Aktenkoffer mit Unterlagen.

»Was für Unterlagen,?« fragt Joanne.

»Woher soll ich das wissen?« fragt Bert zurück. Und fügt insgeheim hinzu: Mir sagt doch keiner was.

Joanne nimmt ein Blatt Papier und malt ein schräg liegendes Ankh-Symbol darauf.

»Hast du dieses Symbol erkannt?«

»Ja. Das ist das ägyptische Symbol für Mensch«, sagt Bert. Und fügt im Geiste hinzu: Warum halten mich alle immer für einen Idioten.

»Ich meine nicht das Symbol, sondern wie es auf dem Blatt liegt«, hakt Joanne geduldig nach. Bert wirft einen prüfenden Blick auf das Papier.

»Ja, genau so«, sagt er schließlich.

Nun ist sich Joanne sicher. Die Frau ist mit den Natseput-Unterlagen durchgebrannt.

Leider kann sich Bert beim besten Willen nicht mehr daran erinnern, wer die Frau war. Aber immerhin kriegt er noch ein paar Details zusammen.

- Die Frau war definitiv nicht besonders groß
- Sie trug keine Brille
- Sie hatte auch keinen Schönheitsfleck im Gesicht

Damit ist für Joanne alles klar.
Für dich auch?

8
Flucht durchs Labyrinth

Weitere Nachforschungen im Institut führen nicht weiter. Auf dem Heimweg schlendert Joanne wieder durch den Park. Sie meint, aus der Ferne die Diebin – eine Frau mit Locken und dem Aktenkoffer – zu erkennen, doch die kann durch ein Labyrinth im Park entwischen.

Aufgabe

Joanne war einfach nicht schnell genug. Wie schnell bist du?

9
Auf dem Weg zum Multibillionär

Die Frau, die Joannes Natseput-Dokumente gestohlen hat, heißt Fay Malizina. Eine Klatschreporterin mit Drang zu Höherem. Oder so könnte man sagen.

Fay interessiert sich jedoch nicht sonderlich für Archäologie. Dafür umso mehr für die Welt der Reichen und Schönen. Viele Jahre hat sie von Promi-Partys und Empfängen des Jet Sets berichtet. Was sie sah, gefiel ihr besser und besser, und immer drängender wurde die Frage: Warum soll ich dieses Leben immer nur als Zaungast genießen dürfen? Habe ich kein Recht, zu dieser Welt dazuzugehören?

Doch bislang hatte Fay noch keinen Weg gefunden, wie sie Teil dieses erlesenen Zirkels werden könnte. Bis sie von Joannes atemberaubender Entdeckung erfuhr. Als Fay dies zu Ohren kam, machte sie vor Freude einen Luftsprung. Natseput und Joannes Forschung, das soll nun Fays Ticket ins Glück werden. Denn sie weiß, dass der Multibillionär Jeff Sheffelton ganz versessen auf antike Kunstwerke ist. Und sie hofft, dass Jeff ihr für die Dokumente viel Geld zahlen wird.

Aufgabe

Doch zuerst muss Fay herausfinden, auf welchem seiner Wohnsitze er gerade weilt. Fay wird bei Jeffs Stadthaus vorstellig, und der Butler öffnet ihr. Als Reporterin ist Fay geübt darin, Menschen zu befragen. So erfährt sie von dem Butler nicht nur, dass Jeff auf seiner Jacht vor Alexandria urlaubt, sondern auch, dass Fay auf keinen Fall glauben solle, was ihr der Chauffeur erzählt.

Genau auf den trifft Fay, als sie die Einfahrt passiert. Seinen Wagen waschend erzählt der Chauffeur, dass Jeff Shefelton auf seiner Jacht in der Karibik Urlaub mache. Als Fay ihn nach dem Butler fragt, erklärt der Chauffeur, dass beide immer die Wahrheit sagen würden.

Und als wäre es damit nicht genug, kommt ihr auf der Straße auch noch die Köchin entgegen. Fay verwickelt sie in Small Talk. Die Köchin berichtet, der Chauffeur und der Butler seien beide komische Vögel, einer würde immer genau dann die Wahrheit sagen, wenn der andere lügt.

Für einen Moment ist Fay verwirrt, aber dann weiß sie, wo sie den Billionär suchen muss.

Du auch?

10
Jeffs Schätze

Jeff Sheffelton liegt auf dem Vordeck seiner Jacht in der Sonne. Während er in der einen Hand einen aufwendig kreierten Cocktail balanciert, ergötzt er sich an seinen Schätzen, die er über Videokameras und Satelliten im Blick behält.

Reiche Leute haben oft ausgefallene Hobbys. Die einen sammeln Oldtimer, die anderen Gemälde oder seltene Münzen. Doch für Jeff ist das nicht genug. Mit ein paar popeligen Rembrandts gibt er sich nicht zufrieden. Jeff will die größten Kunstdenkmäler, die Ikonen der Weltkultur besitzen. Und zwar alle!

Nicht wenige Kunstwerke wie die Mona Lisa und Michelangelos David befinden sich seit Langem in seinem Besitz. Allerdings wissen das die wenigsten. Denn sie sind vor Jahren in all den weltberühmten Museen und Kulturstätten durch digitalisierte Hologramme ersetzt worden. Und auch die Schätze in den Safes und Archiven sind schon längst verschwunden, denn die Originale befinden sich auf Jeffs Landgut in der Karibik. Da Jeff nicht will, dass seine Schätze nun wiederum verschwinden, hat er überall Kameras installiert. Und dank einer App – Jeff ist ziemlich gut im Entwickeln von Apps – hat er die Artefakte immer im Blick, egal wo er sich auf der Welt befindet.

Doch die Kameras zeigen nur Ausschnitte der Kunstwerke. Denn Jeff ist nicht nur unheimlich reich, sondern auch ganz schön geizig. Überwachungskameras, die alles im Auge behalten, waren ihm zu teuer. Dennoch ist er überzeugt, wenn man nur einen Ausschnitt sieht, reicht das auch.

Hat er recht?

Aufgabe

Kannst du an den Ausschnitten erkennen, um welche Kunstwerke es sich handelt?

Während Jeff sich an seinen Reichtümern erfreut, lässt sich Fay durch ein Fischerboot an Bord bringen. Sie gibt sich als Archäologin Joanne Stone aus und bietet Jeff Sheffelton die Natseput-Dokumente an.

Jeff zeigt sich interessiert und Fay frohlockt schon, aber dann will Jeff mehr. Der Billionär möchte sofort ins Tal der Könige reisen und die Grabkammer des Natseput plündern. Noch bevor die Menschheit erfährt, was für eine Bereicherung des kulturellen Welterbes ins Haus steht, will Jeff Nägel mit Köpfen machen.

Mit dieser Wendung hat Fay nicht gerechnet. Aber es kommt für sie noch heftiger. Sie soll Jeff dabei helfen, sich Natseputs Schätze unter den Nagel zu reißen, und als sie die Gier in Jeffs Augen sieht, traut sie sich nicht, ihren Schwindel auffliegen zu lassen. Sie weiß, dass der Multibillionär sehr unerbittlich sein kann, wenn mal etwas nicht nach seinen Vorstellungen läuft. Also lächelt sie nur zaghaft, scheinbar zustimmend, und sagt nichts.

Gypt's das wirklich?

Unter den Leuten, die sich auf die Suche nach den Schätzen der Pharaos machten, waren übrigens nicht nur Gestalten, die sich selbst bereichern wollten, sondern auch einige exzentrische Figuren. Flinders Petrie zum Beispiel konnte erst mit den Ausgrabungen beginnen, wenn er seine rosa Unterwäsche angezogen hatte. Und Giovanni Belzoni war zwei Meter groß und hatte vor seinen Forschungsreisen beim Zirkus gearbeitet.

11
Eine verschlüsselte Botschaft

Ginge es nach Miss Myrtle Turtle, würde Joanne jetzt im Archiv sitzen und die Datenblätter jeglicher Mumien aller Dynastien sortieren. Und wenn Miss Turtle ihren Kopf durch die Tür des Archivs steckt, um nachzuschauen, dann sieht es auch genauso aus. Doch kaum ist die Tür wieder geschlossen, legt Joanne die Datenblätter zur Seite und widmet sich wieder ihrer eigentlichen Aufgabe. Sie muss den Dieb finden, der ihre archäologische Sensation geklaut hat. Bis jetzt ist sie noch keinen Schritt weiter gekommen. Immer wieder hat sie Praktikant Bert befragt, mit ihm alle möglichen Varianten und Hypothesen durchgesprochen. Doch leider, noch immer kein neuer Lösungsansatz. Sollte das tatsächlich das Ende von Joannes Entdeckung sein?

Doch am nächsten Tag erhält Joanne eine Nachricht von Karam. Allerdings sehr knapp und kryptisch. Sie solle unbedingt nach Ägypten kommen, denn Karam habe eine heiße Spur zur Grabkammer Natseputs gefunden. Super! Denn bislang wusste Joanne nur, dass es einen Pharao namens Natseput gegeben hat, doch wo er begraben liegt, darüber konnte sie nur spekulieren. Also lässt sich Joanne nicht zweimal bitten. Sie fliegt nach Kairo. Ohne sich bei Miss Turtle abzumelden. Warum auch? Wenn sie nicht klären kann, wer ihre Entdeckung gestohlen hat, ist Joanne als Forscherin sowieso erledigt.

Aus dem Flugzeugfenster sieht Joanne das blaue Mittelmeer und das Nildelta. Dann setzt die Maschine auch schon zur Landung an. Bald steht Joanne im südlichen Sonnenlicht und absolviert die üblichen Einreiseformalitäten. Nun ist sie bereit, sich in das Gewusel der Millionenmetropole zu stürzen.

Aber wo ist Karam?

Am Flughafen holt sie ein Fahrer mit einem Schild in der Hand ab, auf dem »Ms. Joannie Stohne« steht. Das ist zwar nicht ganz korrekt, verwundert Joanne aber erst mal nicht. Sie ist es gewohnt, dass ihr Name in dieser Gegend falsch geschrieben wird. Für manche Ägypter muss »Joanne Stone« wie Hieroglyphen aussehen.

Sie begrüßt den Chauffeur mit einem Lächeln und steigt ein. Doch der Fahrer entpuppt sich als Kidnapper. Alle Türen werden verriegelt, und dann geht die Fahrt durch verschiedene Gassen in Viertel, die Joanne nicht einmal vom Hörensagen kennt.

Auch wenn sie stark unter Stress steht, versucht Joanne, einen kühlen Kopf zu bewahren. Haben ihre Entführer was mit ihrem gestohlenen Skript zu tun? Oder halten sie Joanne einfach für eine reiche Touristin, von deren Verwandten sie ein Lösegeld erpressen können? In diesem Falle hofft Joanne, dass die Enttäuschung nicht allzu groß sein wird, wenn die Entführer erkennen, dass Joanne alles andere als reich ist. Sie ist ja schließlich nicht Jeff Sheffelton.

Der Entführer – a. k. a. Taxi-Chauffeur – hat sein Gesicht vermummt. Er fährt mit Joanne in eine fensterlose Garage. Dann hält er Joanne ein Handy hin. Die Stimme am anderen Ende der Leitung klingt selbstbewusst, offenbar gewohnt, Anweisungen zu geben und ebenso gewohnt, dass die Anweisungen prompt ausgeführt werden. Außerdem sagt die Stimme am Telefon mehrmals Sätze wie »Sie als Archäologin, Ms. Stone«. Offenbar hält man sie hier nicht für eine Touristin. Doch was wollen die Entführer dann?

Auf diese Frage erwidert die Stimme nichts. Joanne überlegt fieberhaft. Sie muss unbedingt Karam eine Nachricht übermitteln. Ihr Handy haben die Entführer ihr abgenommen. Und natürlich werden sie Joanne nicht einfach so telefonieren lassen. Aber mithilfe einer Notlüge kann Joanne wenigstens eine Bilddatei absenden. Wie sie dem Chauffeur und der Stimme am Telefon erklärt, sei das zur Identifizierung eines Kunstschatzes notwendig. Joanne darf die Datei also versenden, dann wird ihr das Handy wieder abgenommen.

Aufgabe

Das ist die Botschaft, die Joanne versandt hat. Da sie vermeiden wollte, dass die Entführer mitlesen, musste sie sich einer eigenen Symbolschrift bedienen. Kannst du deren Bedeutung entschlüsseln?

TIPPS

1. Joanne musste schnell handeln. Sie hatte ihr Handy vor Augen. Fällt dir beim Blick auf die Tastatur etwas auf?

2. Joannes Nachricht besteht ausschließlich aus Buchstaben.

12
Fahren nach Gehör

Eigentlich hatte Joanne gehofft, die Entführer würden nun endlich mit ihrem Anliegen rausrücken. Doch es wird noch härter. Zwei Männer steigen zu ihr in das Taxi und setzen sich neben sie auf die Rückbank. Und dann werden ihr die Augen verbunden. Joanne bleibt cool und versucht, anhand von Geräuschen die Fahrroute ihrer Entführer zu rekonstruieren.

Da der Wagen wild um Kurven fährt und immer wieder Hindernissen ausweicht, kann Joanne nicht nachvollziehen, wie oft sie abgebogen sind. Doch ist sie sich ziemlich sicher:

- Zuerst fuhren die Entführer über einen Bahndamm
- Dann kamen sie an einer Feuerwehr vorbei
- Dann an einem Basar
- Dann an einem Wasserfall
- Dann an noch einem Basar
- Dann fuhren sie vermutlich über eine Brücke

Aufgabe

Zeichne die Route der Entführer in folgende Karte ein. In welches Lagerhaus (LH 1, 2 oder 3) wurde Joanne gebracht?

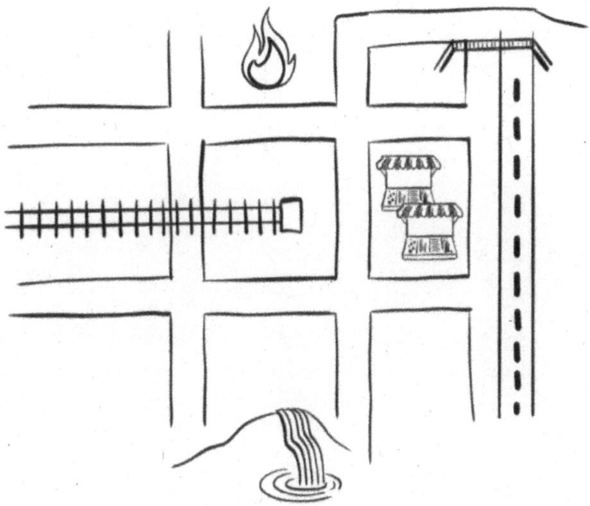

TIPP

Bedenke, dass die Entführer auch wenden und/ oder mehrmals um einen Block fahren können.

13
Ein potenzieller Fehler

Wenn Jeff Sheffelton sich etwas in den Kopf gesetzt hat, dann setzt er auch Himmel und Hölle in Bewegung, um sein Ziel zu erreichen. Bevor Fay begreift, was los ist, hat Jeff schon den Anker lichten lassen. Dann schippert seine Jacht den Nil aufwärts, und überraschend kurze Zeit später legen Fay und Jeff am Felsentempel von Abu Simbel an. Das sind zwar fast tausend Kilometer, aber Jeff Sheffeltons Jacht verfügt über einen geheimen Turbo-Antrieb, damit sind Trips wie diese ein Klacks.

Jeff will unbedingt herausfinden, wo Natseputs Grabstätte liegt. Als der Tempelwächter von Abu Simbel keine Auskunft geben will, bietet Jeff Unmengen an Geld, um das Geheimnis von ihm zu erkaufen. Der Tempelwächter will aber lieber Schach spielen. Dazu hat Jeff keine Lust. Nun macht der Tempelwächter ein Gegenangebot.

Jeff soll ihm auf das erste Feld einen Dollar legen, auf das zweite zwei, auf das dritte vier usw. Nach anfänglichem Enthusiasmus wirft Jeff das Handtuch.

Aufgabe

Warum?

TIPP

Die Aufgabe ist nicht so neu, aber kannst du auch den genauen Betrag benennen, den Jeff berappen müsste?

Zum Trost gibt ihm der Tempelherr noch einen Tipp. Anstatt in Abu Simbel sollten sie lieber im Tal der Könige suchen.

Gypt's das wirklich?

Die Tempelanlage von Abu Simbel wurde von Ramses II. erbaut. Als der Assuan-Staudamm errichtet wurde, wurde die Anlage verschoben.

14
Eine Nachricht in höchster Not

In ihrem Versteck angekommen, nehmen Joannes Entführer ihr – endlich – die Augenbinde ab. Sie blinzelt ins Licht und versucht, sich wieder an die Helligkeit zu gewöhnen. Dann wird sie einem würdevollen Mann mit Silberbart vorgeführt. Er stellt sich als Abdul vor, Chef eines Beduinenstammes, der immer wieder erleben muss, dass schnöselige Touristen die Sitten und Gebräuche seines Stammes nicht respektieren wollen. Aber dass jetzt auch schon Leute aus der Welt der Archäologie dermaßen respektlos auftreten …

An Abduls Stimme erkennt Joanne, dass sie mit ihm telefoniert hat. Und offenbar haben ihm Mitglieder seines Stammes erzählt, dass eine gewisse Joanne Stone auf dem Gebiet der Beduinen mit Ausgrabungen beginnen wollte. Joanne lässt sich die Frau beschreiben. Die Beschreibung passt auf die Diebin aus dem Institut. Doch Abdul nimmt ihr die Erklärung nicht ab. Er will sich mit seinen Stammesältesten beraten und morgen wiederkommen. Bis dahin soll Joanne im Lagerhaus eingesperrt bleiben. Damit lassen Abdul und seine Leute Joanne zurück.

Das Lagerhaus liegt in einer verlassenen Industriegegend. In der Umgebung kann Joanne keine Funkmasten erkennen. Ihr könnte das egal sein, denn ihr Handy haben die Entführer. Doch auch Karam könnte keine Hilfe holen. Sie hofft sehnlichst, dass er es wenigstens bis in die Nähe geschafft hat.

Aufgabe

Doch wie soll er wissen, wo Joanne sich befindet? Sie untersucht das Lagerhaus. Es hat ein Erdgeschoss und vier Stockwerke. Das Lagerhaus besteht aus einzelnen Kammern, alle mit elektrischem Licht. Wenn Joanne will, könnte sie jede Stunde in einem anderen Zimmer verbringen. Dann bricht die Dunkelheit herein, und Joanna kommt eine Idee.

Welche?

TIPPS

Die Front des Lagerhauses mit den Fenstern sieht so aus:

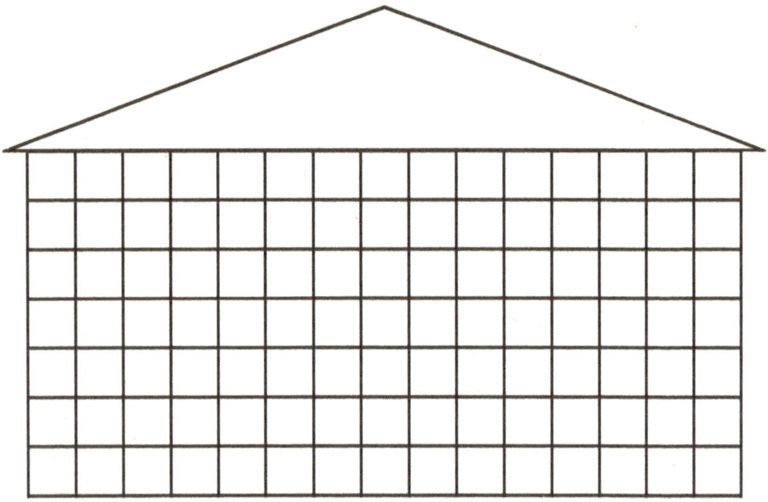

Jedes Karo steht für einen beleuchteten Lagerraum.

Ihr Plan geht auf. Karam findet und befreit sie.

15
Das Rätsel der Sphinx

Jeff und Fay kommen im Tal der Könige an und müssen sich dem Rätsel der Sphinx stellen. Hier glaubt sich Jeff in seinem Element.

»Spar dir deine Worte. Ich kenne deine Rätsel in- und auswendig.«

Breitbeinig baut sich Jeff vor der Sphinx auf und deklamiert: *Was hat einen Lauf, ohne zu rennen, kann verbinden und auch trennen, was hat Arme und keinen Hals; hat ein Bett, doch schläft niemals?*

Doch die Sphinx bleibt stumm. Und Fay sagt sich, dass Jeff vielleicht nicht so viel Assassins Creed hätte spielen sollen.

Aufgabe

Kennst du das klassische Rätsel der Sphinx – und vielleicht auch die Lösung?

TIPP

Es hat erst vier Beine, dann zwei, dann drei.

Gypt's das wirklich?

Die Bezeichnung Sphinx geht auf das Wort »Spanch« zurück, was so viel bedeutet wie »das, was Leben empfängt«. Die berühmte Sphinx in Gizeh wurde vor 4.500 Jahren für den Pharao Chephren gemeißelt. Gemeinhin wurde die Sphinx als Löwe mit Menschenkopf dargestellt.

16
Mit den Wassern des Schaduf

Joanne genießt die frisch gewonnene Freiheit, aber dann sind noch viele Fragen zu klären. Karam hat keine Idee, wer sich hinter der geheimnisvollen Frau verbergen könnte. Und er muss auch gestehen, dass er leider noch nicht genau weiß, wo sich Natseputs Grabkammer befindet. Seine Funde lassen nur darauf schließen, dass sich Natseputs Grabkammer im Tal der Könige befinden muss. Aber wo genau?

Also begeben sich Joanne und Karam ebenfalls auf eine Reise den Nil aufwärts. Als sie unweit des Tals der Könige anlegen, treffen sie auf einen Bauern, der sein Feld noch wie im Altertum mit einem Schaduf bewässert. Um eine gute Ernte zu erhalten, muss er jede Furche mit genau vier Liter bewässern. Leider hat er nur zwei Krüge. Einer fasst drei Liter, der andere fünf.

Aufgabe

Wie können Joanne und Karam ihm helfen?

TIPPS

1. Versuche erst, selbst die Lösung zu finden.
2. Du kannst auch mit Messbechern aus der Küche probieren.
3. Wenn du gar nicht weiterweißt, kannst du dir auch den Film *Stirb langsam, Teil 3* noch einmal ansehen. Da muss Bruce Willis nämlich ein ähnliches Rätsel lösen.

Gypt's das wirklich?

Ein Schaduf (unterschiedliche Schreibweisen), manchmal liest man auch Schaduff, ist ein Wasserschöpfgerät, das schon im alten Ägypten und im Zweistromland verwendet wurde. Das Prinzip des Schadufs ähnelt einer Schranke, an deren Ende ein Eimer befestigt wurde. Heute wirkt dieses Gerät auf uns simpel, aber in den Zeiten des alten Ägyptens stellte ein Schaduf ein absolutes Hightech-Produkt dar, und es durfte nur von hoch qualifizierten Fachkräften bedient werden.

17
Von Köpfen und Beinen

Joanne und Karam verabschieden sich von ihrem neuen Freund, dem Fellachen, und setzen ihre Nilreise fort. Kurze Zeit später machen sie mit ihrem Boot, das im Vergleich zu Jeffs mondäner Jacht wie eine Nussschale aussieht, bei Kairo fest und gehen an Land. Sie sind nicht die Einzigen. Viele Touristen wollen die Pyramiden sehen.

Am Souvenirstand bei den Pyramiden lernen sie Naila kennen. Während Naila den Nacken ihrer Katze krault, erzählt sie den beiden Besuchern, wie unglücklich sie ist, da ihr Vater entführt worden ist. Von wem? Na, wir haben da so einen Verdacht.

Joanne entnimmt Nailas Beschreibung, dass ihr Vater Abdul sein muss, also genau der Mann, der zuvor ihr Entführer gewesen ist.

Zwar findet Joanne Abduls Verhalten immer noch grenzwertig, aber sie kann seine Motive nachvollziehen. Joanne und Karam versprechen also, Naila zu helfen. Doch zuvor muss erst noch das Vieh der Familie in die Ställe getrieben werden.

Aufgabe

Nailas Familie hält Kamele und Hühner. Zusammen haben die Tiere 35 Köpfe und 90 Beine. Aber wie viele Kamele sind es genau?

a) 15
b) 12
c) 10

TIPPS

1. Es gibt in der gesamten Herde kein kopfloses Huhn und kein humpelndes oder dreibeiniges Kamel.
2. Die Lösung lässt sich durch Probieren herausfinden, aber auch in eine Formel überführen.

18
Fay und Jeff kurz vorm Ziel?

In gewissem Sinne könnte man hier von Karma – ja, Karma, nicht Karam – sprechen. Nachdem Abdul sich am Vortage von seinen Leuten verabschiedet hatte, wurde ihm ein Sack über den Kopf gestülpt, und bald darauf realisierte der Beduinenfürst, dass er nun das Opfer einer Entführung geworden war. Wie kurz zuvor Joanne wird er in ein Lagerhaus verschleppt und ausgefragt.

Abdul ist da jetzt nicht wirklich stolz drauf, aber im Gegensatz zu Joanne gab er seinen Entführern klein bei und verriet ihnen den Weg zu der Grabkammer von Natseput. Zu seiner Verteidigung sei aber gesagt, dass die Schergen von Jeff Sheffelton, denn um niemand anders handelt es sich bei den Entführern, auch von einem anderen Kaliber sind als Abdul und seine Entführungslaien, die so etwas noch nie zuvor gemacht hatten. Sheffeltons Leute hingegen haben schon ganz andere Dinger gedreht.

Dass die Entführer Abdul nach seinem Geständnis nicht freilassen, erfüllt den Beduinenfürsten mit Zorn, aber das ist Fay und Jeff natürlich egal. Bei ihnen wächst die Vorfreude, denn sie wissen: Nun sind sie ihrem Ziel zum Greifen nah.

Aufgabe

Vor dem Portal zu Natseputs Grabkammer finden sie eine Inschrift, die Jeff mittels Online-Recherchen entschlüsselt.

Der Vater des Pharao Thutmosis II. hatte drei Söhne: Amenmes, Wadjmes und …

Jeff und Fay kommen schnell auf die Lösung. Du auch?

TIPP

Die Aufgabe ist eigentlich ganz einfach. Nicht durch die Formulierung verwirren lassen.

19
Droht dank Drohnen neues Ungemach?

Fay und Jeff klatschen sich begeistert ab. Sie haben den inneren Bereich der Grabkammer erreicht. Die modrigen Gemäuer, das Hallen ihrer Schritte, das Flackern der Fackeln und Taschenlampen hätte sensiblere Seelen in eine andächtige Stimmung versetzt, aber Fay und Jeff zeigen sich unbeeindruckt. Wie Motten vom Licht angezogen, steuern sie auf ihr Ziel zu. Am Tor der Grabkammer analysiert Jeff nüchtern die Lage. Die direkten Zugänge sind für Menschen zu schmal. Vermutlich wurden sie von den Erbauern zugemauert, um unerwünschte Besucher fernzuhalten. Aber das ist für einen Hightech-Freak wie ihn kein Problem. Er hat genug Equipment mitgenommen und ist für alle Fälle gerüstet. Jeff steuert eine Drohne durch den Spalt und erkundet die Innenräume. Fay ist beeindruckt. Offenbar ist er jeder Herausforderung gewachsen. Fay schenkt Jeff ein strahlendes Lächeln. Jeff grinst siegesbewusst zurück.

Aber dann macht der Akku schlapp, und das Kamerabild der Drohne wird schwarz.

Aufgabe

Jeff will unbedingt wissen, wie groß die letzten beiden Räume der Grabkammern sind. Nun willst du Jeff nicht unbedingt helfen, aber könntest du die Größe auch ohne Drohne ermitteln?

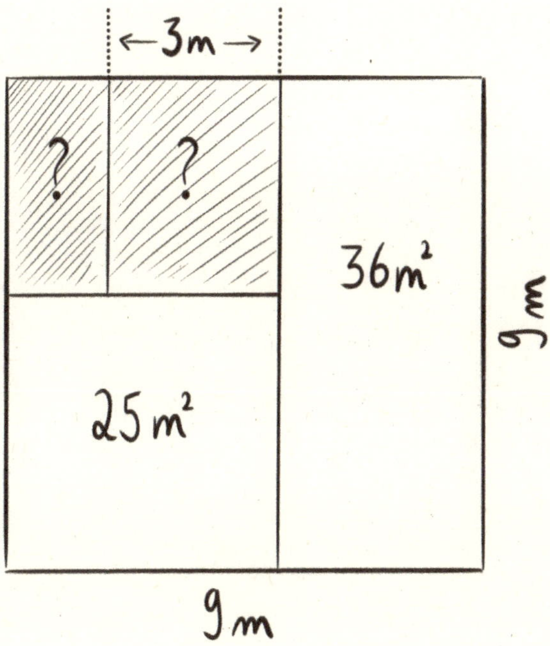

TIPPS

1. Was weißt du über die Kantenlängen von Rechtecken und Quadraten?
2. Kannst du in der Skizze mehr als ein Quadrat entdecken?

Gypt's das wirklich?

Das übliche Längenmaß bei den alten Ägyptern hieß Chet. Ein Chet entsprach etwa 52 Metern. Die wiederum wurden in 100 Ellen unterteilt, wobei eine Elle sieben Handbreit entsprach. Wie viele Handbreit lang ist dein Unterarm von der Handwurzel bis zum Ellbogen?

20
Das Geheimnis der Tonscherben

Was Zielstrebigkeit betrifft, lassen sich allerdings Joanne und Karam von niemanden überbieten. Jedoch können sie nicht einfach schnurstracks auf Natseputs Grabkammer zusteuern, weil ihnen ja die nötigen Informationen fehlen. Wie Karam berichtet, hat er diese ersten Hinweise auf Natseputs Grabkammer in einer Pyramide in Gizeh gefunden. Also machen sich Joanne und Karam in einem Jeep auf den Weg dorthin. Was viele Touristen nicht wissen: Einige Pyramiden haben eine Art Personaleingang, wo Experten schnell Zugang zur Grabkammer haben. Den nutzen Joanne und Karam. Sie suchen an der Stelle, wo Karam jüngst geforscht hat, und finden nach kurzer Zeit eine tönerne Vase, die mit einer erhellenden Inschrift versehen ist. Allerdings kann im Dunkel des Gewölbes niemand den Text entziffern.

Als die beiden ans Tageslicht treten, passiert ein Missgeschick. Die Vase fällt zu Boden und zerbricht. Nun nicht gerade in tausend Scherben, aber doch in eine ganze Menge. Aber noch gibt es Hoffnung. Wenn Joanne und Karam die Scherben in der richtigen Reihenfolge zusammensetzen können, lässt sich die Nachricht doch noch entschlüsseln.

Aufgabe

Um die Aufgabe nicht übermäßig zu erschweren, hat Joanne die »Textbausteine« aus dem Hieroglyphischen übersetzt. Du musst sie nur noch in die richtige Reihenfolge bringen.

Hier sind die Splitter:

den Weg
der Könige angetreten
hat
im Tal
in die Nachtwelt
Natseput
rechts und links
umgeben ward.
von anderen Pharaonen
wie Echnaton
wo das höchste Wesen

TIPP

Auch nicht sooo schwer, aber da die Satzstruktur im Deutschen recht frei sein kann, auch nicht sooo einfach. Am besten fängst du mit dem Subjekt an, das im Nominativ stehen muss. Als Nächstes musst du die gebeugte Verbform finden. Dann hast du zumindest schon mal einen Hafen, von dem aus du in diesen Satz-See stechen kannst.

Gypt's das wirklich?

Es gibt übrigens nicht nur ein Tal der Könige, sondern auch ein Tal der Königinnen. Dieses Tal liegt weiter im Süden und beherbergt um die neunzig Gräber.

21
Der Schlangenbiss

Joanne, Karam und Naila kommen ins Tal der Könige. Natürlich ist auch Nailas Katze dabei, die sich aber längst in die Arme des Mädchens gekuschelt hat und schnurrend schläft. Unter einem kobaltblauen Nachthimmel erheben sich die Pyramiden aus der Wüstenlandschaft. Ein imposanter Anblick, der die Menschheit seit Jahrtausenden beeindruckt. So auch Joanne und ihr Team.

Alle drei treten nun noch behutsamer auf und vermeiden es außerdem, ihre Hände in Felsspalten zu stecken, denn sie wissen, dass das Tal der Könige von der Kobra Meretseger bewacht wird.

Doch dann geschieht es: Naila wird von einer Schlange in die Ferse gebissen. Und damit nicht genug. Als Karam ihr zur Hilfe eilen will, entgleitet ihm der Arztkoffer, die Ampullen mit dem Gegengift fallen zu Boden und zersplittern.

Ein Funke Hoffnung besteht jedoch noch. Wenn Karam die richtige Ampulle wieder zusammensetzt und aus ihr das Serum zieht, kann Naila gerettet werden.

Aufgabe

Unsere kleine Expedition muss sich vor drei Schlangenarten in Acht nehmen: der Hornviper, der Speikobra und der Uräusschlange, also der Kobra, die man auch an vielen Pharaokronen sehen kann.

Das Gift der Hornviper zerstört die Nerven und die Blutgefäße. Der Biss ist sehr schmerzhaft.

Das Gift der Speikobra zielt vor allem auf die Augen.

Das Gift der Uräusschlange wirkt auch auf die Nerven, allerdings ist der Biss weniger schmerzhaft.

Für alle drei Schlangengifte hat Karam ein Serum dabei. Alle Seren haben komplizierte lateinische Namen.

Gegen den Biss der Hornviper hilft:
Buccinolphiliminileanophetamin.

Gegen den Biss der Speikobra hilft:
Verulobotizinaphalmerectabin.

Gegen den Biss der Uräusschlange hilft:
Sublimenalincaputoraniphenal.

Dein Job ist folgender: Finde durch Befragung von Naila heraus, welche Schlange sie gebissen hat. Naila ist bei Bewusstsein und klarem Verstand, aber verständlicherweise sehr ängstlich.

Hast du ermittelt, welche Schlange biss, dann musst du die richtigen Splitter der Ampulle mit dem richtigen Serum wieder zusammenbauen.

Die Silben der Bezeichnungen stehen für die Splitter der Ampullen. Aber Achtung: Das Serum wirkt nur, wenn die Splitter in der richtigen Reihenfolge zusammengefügt werden und nicht durch fremde Splitter verunreinigt sind.

Aber zuerst die Befragung:

»Naila?«

»Ja.«

»Hast du die Schlange gesehen?«

»Nein. Mein Bein war plötzlich so taub und ...

»Dein Puls rast.«

»Ist das ein Wunder? Ich wurde gerade von einer Schlange gebissen?«

»Spürst du das hier?«

»Was?«

»Wie viele Finger siehst du?«

»Fünf. – Mein Gott, jetzt tu doch was!«

Nun musst du eine Diagnose stellen und dann das richtige Serum zusammenbauen:

Die »Splitter« (lies: Silben) des Serums findest du hier.

ano – bin – bli – bo – buc – ca – ci – le – li – lin – lo – me – me – mi – min – na – na – nal – ni – ni – nol – phal – phe – phe – phi – pu – ra – rec – ru – su – ta – ta – ti – to – ve – zi

TIPPS

1. Nicht nach der Diagnose einfach oben den Namen des Serums abschreiben. Das hilft Naila überhaupt nicht.
2. Es wird einfacher, wenn du die Silben einkreist oder abstreichst.
3. Und nun los. Es geht um Leben und Tod.

Gypt's das wirklich?

Kobras waren im alten Ägypten hochgeachtet, denn man glaubte, sie könnten Feuer speien und so ihre Feinde töten. Deshalb durften Abbilder von Kobras nur von Pharaonen getragen werden.

22
Bonus-Runde: Senet spielen

Während Naila sich erst einmal erholt und sich an ihre Katze kuschelt, schlägt Joanne vor, eine Runde Senet zu spielen. Karam ist einverstanden. Schließlich haben sie sich eine Pause und ein bisschen Ablenkung verdient. Um die Pyramiden ist es schon länger wieder ruhig geworden. Die Touristen sind in die Hotels zurückgekehrt, wo sie Bauchtanzvorführungen bewundern oder den Lieben daheim berichten, was sie heute alles gesehen haben. Joanne und Karam hingegen sind in ihr Spiel vertieft.

Senet stellt eine Reise in die Ewigkeit dar, jeder Spieler hat fünf Steine, die er vor dem Konkurrenten über die Ziellinie bringen muss.

Die alten Ägypter spielten Senet mit Wurfhölzern, bei denen die höchste Zahl fünf war. Das funktionierte so: Jedes Wurfholz hatte eine weiße Ober- und eine schwarze Unterseite. Um die Punktzahl zu ermitteln, wurden die Hölzer auf den Boden geworfen. Lagen – nur als Beispiel – drei mit der weißen Seite nach oben, bedeutete das: drei Felder vor. Joanne und Karam haben aber keine Wurfhölzer dabei. Streng genommen könnte man statt Wurfhölzern auch Marmeladenstullen nehmen und gucken, mit welcher Seite diese auf dem Boden landen, aber Joanne und Karam nehmen stattdessen einen Würfel. Sollte da eine Sechs fallen, wird einfach noch mal gewürfelt. Als Figuren kann man Mensch-Ärger-Dich-Nicht-Figuren oder ähnliche Spielfiguren verwenden.

Das Senet-Feld sieht so aus:

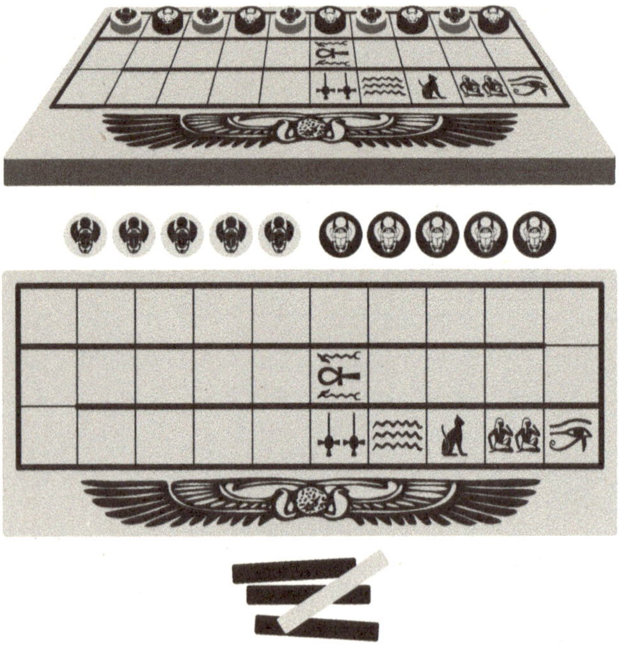

In die oberste Reihe werden abwechselnd die Figuren der Spieler gestellt. Das Ziel befindet sich außerhalb des Spielfeldes unten rechts. Es muss punktgenau getroffen werden.

Dieses Feld heißt »Vollkommenheit«. Wer hier landet, darf noch mal würfeln.

Das ist das Feld des Wassers. Wer hier landet, muss zurück zum Haus des Lebens. Das sieht so aus:

Dies ist das Feld der Seelen:

Hier geht es nur mit einer Drei weiter.

Das sind die Torwächter. Stehst du auf diesem Feld, geht es nur mit einer zwei weiter. 3, 4 und 5 nützen nichts, und auch eine Eins bringt dich von diesem Feld nicht weiter.

Vielleicht nicht so actiongeladen wie Assassins Creed, aber in einer Wüstennacht unter dem Sternenhimmel kann Senet eine unterhaltsame Sache sein.

23
Was ist schon ein Name?

Ein neuer Morgen zieht herauf, und die Sonne erhebt sich wieder über der Wüste. Mensch und Tier schütteln den Schlaf aus den Gliedern. Leute wuseln durcheinander, Kamele machen durch ihr Blöken deutlich, wie viel sie von ihrem Job halten, den ganzen Tag von einer Oase zur nächsten zu trotten.

Doch für Joanne ist die wichtigste Nachricht an diesem Morgen: Naila hat überlebt, ist aber immer noch geschwächt. Um sie aufzuheitern, erzählen ihr Joanne und Karam Anekdoten aus ihren Archäologenleben. So fanden sie einmal ein Dokument, in dem die Namen von verschiedenen Pharaonen und Wesiren verschlüsselt waren.

Die Liste sah so aus:

1) Anton Ech
2) Opa Hismen
3) Ech Sop
4) DJ Reso
5) Rari Tenef
6) Nenet Mus
7) Mutu Tuma Chan

Aufgabe

Kannst du die echten Namen der Pharaonen entschlüsseln?

TIPPS

1) Dieser Pharao war besonders stolz auf seine Frau.
2) Über diesen Pharao haben wir noch nicht gesprochen. Er heiratete schon mit vierzehn eine Beamtentochter namens Teje.
3) Von diesem Pharao gibt es eine sehr große Pyramide und eine sehr kleine Statue.
4) Der ist uns auch schon untergekommen. Dieser Mann ließ die erste Pyramide bauen.
5) Das war eine Pharaonin.
6) Den kennen wir auch schon. Dieser Wesir hat sich von ganz unten hochgearbeitet. Er soll Geliebter der Pharaonin gewesen sein.
7) Von diesem Pharao wurde eine der ersten Mumien entdeckt.

Gypt's das wirklich?

Wo genau die alten Ägypter herkamen, weiß niemand ganz genau. Man vermutet, dass sie lange als Nomaden durch die Wüste zogen, bis sie dann an den Ufern des Nils lernten, wie man Getreide anbaut und – das kam ziemlich schnell danach – Bier braut. Die Stämme scharten sich um Herrscher, die sich bald als Pharaonen verehren ließen und versuchten, die Macht in der Familie zu halten. Das gelang einigen recht gut. Es gab Dynastien, die die Macht über Dutzende Generationen bewahren konnten. Andere hatten weniger Glück. Sie fielen dem Neid und der Missgunst ihrer Höfe zum Opfer.

Wesire waren die engsten Berater der Pharaonen. Aber einigen war das nicht genug. Sie strebten nach mehr Macht und wollten selbst Pharaonen werden. Natürlich an der Stelle des regierenden Pharaos. So was kennt man ja auch aus Geschichten um Kalifen im Zweistromland.

24
Jeff tappt in eine Falle

In der Nacht haben Fay und Jeff nicht viel Schlaf gefunden. Die Aussicht auf neue unermessliche Reichtümer und Schätze ließ sie nicht schlafen. Also haben sie die ganze Nacht durchgearbeitet. Zu ihrem Glück waren sie schon so tief in die Grabkammer eingedrungen, dass niemand ihr Klopfen und Hämmern hören konnte.

Und am Morgen haben Fay und Jeff es endlich geschafft und die Tür zur Grabkammer des Natseput aufgebrochen. Jeff will sofort hinein. Fay mahnt zur Vorsicht. Sie erzählt vom Fluch der Pharaonen.

»Von wegen Fluch«, schnaubt Jeff. »Ich wäre nicht der Multibillionär Jeff Sheffelton geworden, wenn ich mich bei jeder Gelegenheit von einem Ammenmärchen ins Bockshorn hätte jagen lassen.«

»Ich meine es doch nur gut mit Ihnen«, entgegnet Fay schwach.

Aber da ist Jeff schon in der Kammer und stürzt prompt in eine Grube.

»Helfen Sie mir gefälligst«, schnauzt Jeff von dort unten.

Für einen Moment überlegt Fay, den mürrischen Multibillionär seinem Schicksal zu überlassen, aber dann siegt Fays Mitmenschlichkeit. Sie hilft Jeff aus der Grube.

Da kommen die beiden Schurken auf die Idee, auch für ihre möglichen Verfolger ein paar unangenehme Überraschungen vorzubereiten.

Gypt's das wirklich?

Zwar gab es in einigen Pyramiden Türen, die keine waren, aber die Idee, dass die Gräber der Pharaonen mit raffinierten Fallen vor Grabräubern geschützt waren, ist eher eine Fantasie der Nachwelt.
Allerdings kamen nach der Öffnung des Grabes von Tutanchamun einige Forscher auf zum Teil rätselhafte Weise ums Leben. Ob das nun wirklich immer mit den Ausgrabungen zu tun hatte, sei mal dahingestellt. Aber nur kurze Zeit nachdem Lord Carnavon die Grabkammer betreten hatte, schnitt er sich beim Rasieren. Dabei soll er einen Moskitostich getroffen haben, und nur wenige Tage später wurde daraus eine Blutvergiftung. Ende März 1923 starb der Lord dann an einer Lungenentzündung, was nicht völlig überraschend war, da er schon länger als lungenkrank galt.
Wer Ägypten besucht, kann auch heute noch vom Fluch des Pharaos getroffen werden, allerdings ist damit eher das gemeint, was in Mexiko als Montezumas Rache bezeichnet wird.

25
Cat Content

Naila geht es inzwischen wieder so gut, dass Joanne und ihr Team die Reise fortsetzen können. Doch gerade als sie aufbrechen wollen, fragt Naila: »Wo ist denn meine Katze?«

Der kleine Stubentiger ist, während Naila ihre Vergiftung auskurierte, keinen Zentimeter von ihrer Seite gewichen. Nun aber ist sie verschwunden.

»Die wird schon wieder auftauchen«, sagt Karam. Worauf er von den beiden Frauen vorwurfsvolle Blicke erntet.

»Okay, okay«, erwidert Karam darauf und macht sich mit seinen Gefährtinnen auf die Suche nach Nailas Katze. Dass sie dabei wertvolle Zeit verlieren, könnte man schon erwähnen, aber diesen Hinweise verkneift sich Karam.

Sie suchen überall – ohne Ergebnis – bis sie schließlich auf einen alten Katzenfriedhof stoßen.

»Hoffentlich ist sie nicht zum Sterben hierhergekommen«, murmelt Karam – und ist froh, dass ihn niemand gehört hat.

Gypt's das wirklich?

Die Katzengöttin Bastet war die Tochter des Sonnengottes Re. Damit stand sie in der Hierarchie der altägyptischen Götter recht weit oben. Auch Katzen wurden verehrt und viele von ihnen mumifiziert. Dieser Respekt wurde allerdings nicht von allen geteilt. Im 19. Jahrhundert überführte man Hunderttausende Katzenmumien nach Großbritannien – wo sie dann zu Düngemittel verarbeitet wurden.

Aufgabe

Natürlich muss zuerst die Katze gefunden werden. Aber mit deinem mittlerweile geübten Blick auf historische Stätten entdeckst du bestimmt, wo sich Nailas Katze versteckt hat.

26
Ein Herz und eine Krone

Joanne und ihr Team nähern sich dem Tal der Könige. Die Aufgabe festzustellen, wer von den Pharaonen wo liegt, ist gar nicht so einfach zu lösen. Das Reich der Alten Ägypter umfasst eine Zeitspanne von 4.000 Jahren. In dieser Zeit regierten 30 Dynastien. Das ist eine ganze Menge, aber Cracks wie Joanne haben die Thronfolge der Pharaonen ständig im Hinterkopf. Deswegen können sie mit Aussagen wie diesen mühelos die Herrscher des Nilreiches chronologisch ordnen.

1.) Djoser regierte vor Echnaton.
2.) Thutmosis III. regierte früher als *einer* dieser drei Pharaonen: Djoser, Skorpion-König oder Echnaton.
3.) Djoser regierte früher als Imhotep *oder* Echnaton regierte vor Imhotep.
4.) Der Skorpion-König regierte früher als Djoser.

Aufgabe

Sortiere diese Pharaonen chronologisch nach ihren Herrschaftszeiten.

TIPP

Heimtückisch sind die Oder-Verknüpfungen der zweiten und dritten Aussage. Die darfst du nicht als Aufzählung lesen. Entweder der eine Satzteil ist wahr *oder* der andere.

27
Flaschenzug und schiefe Ebene

»Endlich«, stößt Jeff Sheffelton hervor und lässt seinen besitzergreifenden Blick durch die Runde schweifen. Fay und Jeff haben die Kammer mit dem Sarkophag Natseputs erreicht. Der Sarkophag ist golden und sieht sehr kostbar aus.

»Genauso habe ich es mir vorgestellt«, grinst Jeff und schnalzt erwartungsvoll mit der Zunge.

Auch Fay kann nun nicht mehr leugnen, dass das Grabräuberfieber sie gepackt hat.

»Worauf warten wir noch?«, fragt sie.

Die beiden machen sich an die Arbeit.

Aber kaum haben sie die Verriegelungen gelöst, die den Sarkophag an seinem Platz halten, rutscht der auch schon über die Kante und landet eine Etage tiefer in der Grabkammer.

Aufgabe

Was nun? Es gibt zwei schiefe Ebenen (A & B). Aber wie hievt man den Sarkophag am besten wieder auf das Plateau hinauf?

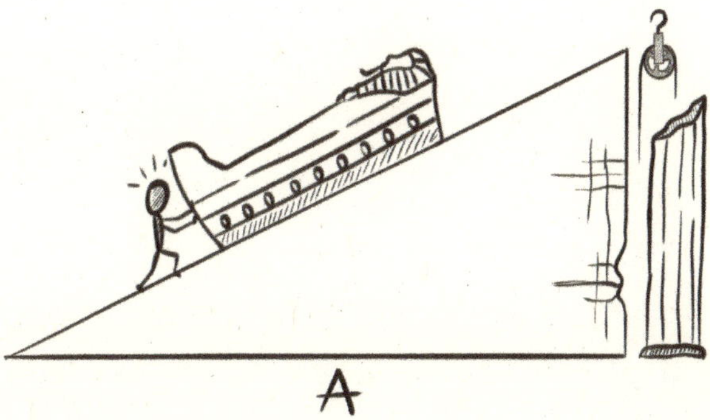

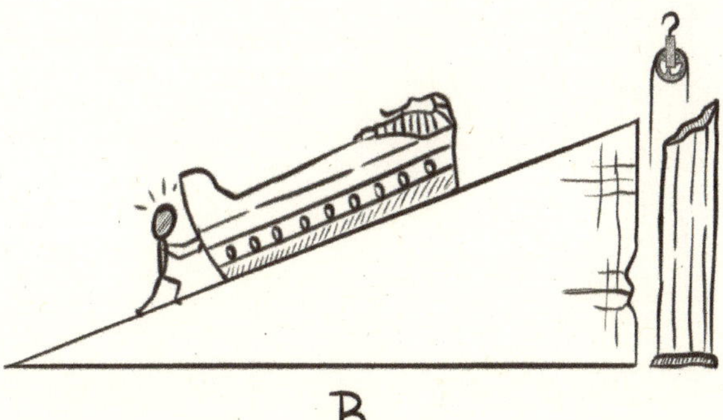

TIPP

Sieh dir die Skizzen genau an. Vergleiche beide schiefen Ebenen. Was sind die Gemeinsamkeiten, was die Unterschiede?

28
Nilgeografie

Auch wenn Joanne & Co. durch ihre Rückschläge viel Zeit verloren haben, sind sie mittlerweile dem Grabräuberpärchen schon recht dicht auf den Fersen. Was auch damit zu tun hat, dass Joanne eher selten auf Irrwegen landet.

Vielleicht erinnert ihr euch: Am Anfang haben sich Fay und Jeff fürchterlich verfranzt und sind auf dem Nil viel zu weit nach Süden gefahren. Um solche Fehler zu vermeiden, prägt sich Joanne die Reihenfolge, in der die wichtigen Orte am Nil liegen, immer wieder ein. Dabei helfen Sätze wie diese:

1. Alexandria und Abu Simbel haben nur eine Nachbarstadt.
2. Zwischen dem Tal der Könige und Gizeh liegt Memphis.
3. Das Tal der Könige liegt weiter flussabwärts als Abu Simbel.
4. Das Tal der Könige liegt nicht bei Alexandria.

Aufgabe

Ordne die erwähnten Orte – an der Mündung des Nils beginnend – in der richtigen Reihenfolge.

TIPP

Wie bei fast allen Logikaufgaben fängt man am besten mit einem Satz an, der nur eine Aussage enthält. Also, in unserem Beispiel die Sätze drei und vier. Damit können dann die anderen Aussagen verknüpft werden.

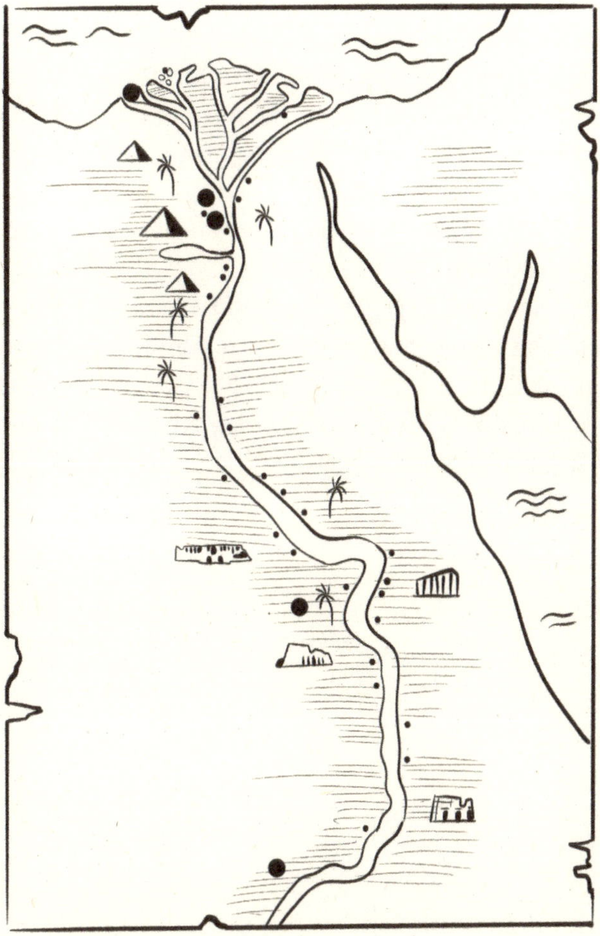

29
Das verfressene Kamel

Naila ist inzwischen wieder ganz die Alte. Aber sie macht sich natürlich Sorgen um Abdul, von dem es leider noch immer kein Lebenszeichen gibt. Joanne und Karam beschließen, das Mädchen abzulenken und fragen nach Geschichten aus dem Alltag der Beduinen. Das funktioniert. Frohgemut erzählt Naila eine Geschichte von einem ziemlich gefräßigen Kamel, das sich einst im Besitz ihrer Familie befand.

»Ich dachte immer, Kamele wären äußerst genügsam«, fragt Karam verwundert.

»Dieses nicht«, entgegnet Naila. »Das hätte mit seiner Gier beinahe dem ganzen Stamm die Haare vom Kopf gefressen.«

Einmal sollte das Kamel 90 Scheffel Getreide zur nächsten Oase tragen, die 30 Meilen entfernt lag. Aber das war gar nicht so einfach …

Aufgabe

Problematisch war, dass das Kamel maximal 30 Scheffel tragen konnte. Es müsste also theoretisch dreimal gehen. War das Kamel jedoch beladen, sagen wir mit maximal 30 Scheffeln Getreide, dann würde es pro Kilometer einen Scheffel vertilgen, also auf dem Weg zur Oase alles an Getreide auffressen, was es eigentlich in die Oase bringen sollte.

Der Rückweg hingegen war einfach. Musste das Kamel nichts tragen, dann wollte es auch nichts fressen.

Kannst du die Reise des Kamels so planen, dass möglichst viel von dem Getreide in der Oase ankommt und möglichst wenig im Magen des Kamels landet?

TIPP

Klar ist: Eine Kamelreise ohne Zwischenstopp wird zum Nullsummenspiel. Das Kamel beginnt die Reise mit 30 Scheffeln auf dem Rücken und beendet sie mit 30 Scheffeln im Bauch. Es muss also Zwischenstopps geben. Aber wo? Und wie viele?

Gypt's das wirklich?

Dieses Problem wurde schon zu Zeiten Karl des Großen von einem Höfling entwickelt.

30
Wie die Grabkammer öffnen?

Nun haben auch Joanna, Naila und Karam den äußeren Wall der Grabkammer erreicht. Der Eingang liegt nicht auf derselben Seite wie der, durch den Fay und Jeff eingedrungen sind.

»Vielleicht finden wir irgendwo ein Schlupfloch«, schlägt Joanne vor. Die drei untersuchen das Gemäuer, aber sie finden nicht einmal einen Spalt, durch den eine Maus gepasst hätte.

»Ich frage mich wirklich, wie die damals so genau bauen konnten«, überlegt Naila, woraufhin Karam zu einem Vortrag über die altägyptische Ingenieurskunst ansetzt. Joanne unterbricht ihn allerdings schon nach ein paar Sätzen.

Sie suchen weiter und finden schließlich ein paar schwere Türen. Diese sind verschlossen und lassen sich nur durch eine Kombination aus Zahlen bzw. Hieroglyphen öffnen. Die ersten vier Stellen finden Joanne und Karam schnell heraus, aber an den letzten beiden Stellen beißen sie sich zunächst die Zähne aus. Immer wieder lesen sie den Text über dem Tor:

Aber dann begab sich der Pharao auf eine Reise, direkt von West nach Nord. Kaum dort angekommen, drehte er den Bug seines Nachens wieder gen Süden, um dann sehr, sehr lange unter günstigen Winden fortzusegeln.

Im Süden angekommen, ging der Pharao vor Anker und ließ es sich gut gehen.

Doch dann packte ihn wieder das Reisefieber. Erneut stach er in See. Diesmal ging es direkt von Nordwest nach Nordost, ohne einen Umweg über Norden. Im äußersten Nordosten angekommen, wurde das Boot umgehend gewendet. Nun hieß das Ziel Südwest, und das war eine lange, lange Reise.

Aufgabe

Findest du in der Erzählung Anhaltspunkte für die noch fehlendenden zwei Elemente des Codes?

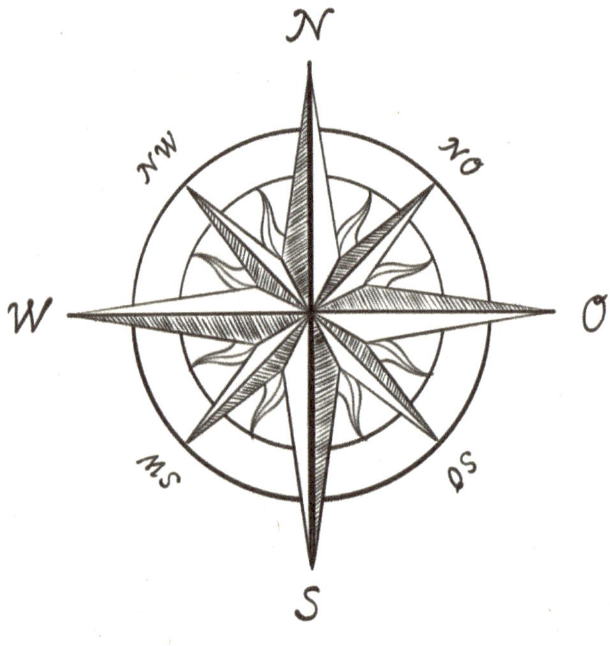

TIPPS

1. Offensichtlich sind die Kennworte allegorisch verkleidet. Versuch doch mal die Reise des Pharaos auf der Kompassnadel mit dem Bleistift nachzuvollziehen. Erkennst du da ein Muster?
2. Die gesuchten Begriffe müssen keine Gegenstände sein.

31
Mission Impossible

»Gotcha«, sagt Karam schließlich. Nun ist es an uns dreien, sich mit High Five zu ihrem Erfolg zu gratulieren, denn sie haben es bis in die Grabkammer geschafft.

»Bedenke den Fluch des Pharaos«, mahnt Karam.

Joanne nickt. »Ich glaube aber eher, wir müssen mit Überraschungen von der unfairen Konkurrenz rechnen.«

Damit liegt Joanne richtig. Unser Team arbeitet sich vorsichtig, in alle Richtungen kontrollierend und sichernd, vor, aber dennoch hätte Joanne die Laserstrahl-Falle, die Jeff und Fay am Eingang der Grabkammer eingerichtet haben, beinahe übersehen.

»Und was jetzt?« fragt Naila.

Karam wirft einen Blick auf das Gewirr der Lichtfäden. »Bei aller Liebe, aber da kommt kein Mensch durch. Mission Impossible, würde ich sagen.«

Worauf Joanne lächelt und sagt: »Damit bringst du mich auf eine Idee …«

Aufgabe

Hole den Skarabäus aus der Vorkammer, ohne die Laserstahlen zu berühren, denn dann wird Alarm ausgelöst.

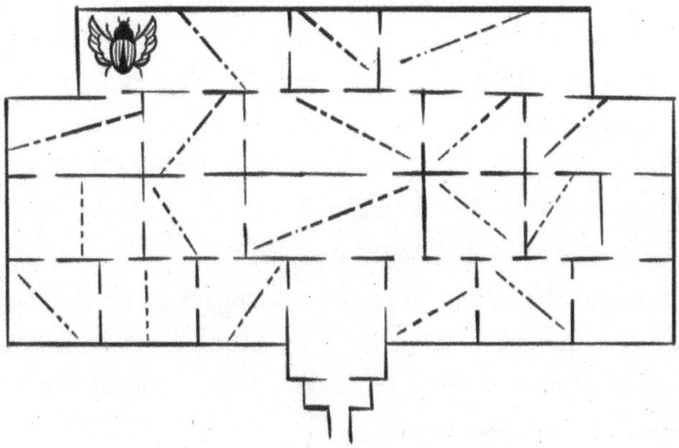

32
Der ägyptische Seiltrick

Während sich unsere drei Helden durch das Laserlabyrinth schlängeln, häufen Fay und Jeff nun schon seit geraumer Zeit die Schätze an.

Ich bin reich, jubiliert Fay innerlich.

»Ich bin noch viel reicher«, jubiliert Jeff laut. »Jetzt können Elon Musk und Bill Gates einpacken. Im Vergleich zu mir sind das alles arme Schlucker.«

Als sie schließlich alles zusammengestellt haben, drängt sich eine Frage auf: Wie den Schatz teilen?

»Hälfte-Hälfte?«, fragt Fay vorsichtig.

Für einen Moment hofft Fay, dass Jeff darauf eingehen würde, aber der Multibillionär wäre nicht so reich geworden, wenn er dauernd schlechte Geschäfte abgeschlossen hätte.

»Netter Versuch«, erwidert Jeff.

Jeff lehnt fifty-fifty rundheraus ab und drückt Fay ein Seil in die Hand. Es ist 100 Meter lang. Damit soll Fay ein Areal auf dem Boden abstecken. Alles, was sie in dieses Areal stellen kann, soll ihr gehören.

Fay kämpft für einem Moment gegen ihre Enttäuschung an, aber dann erklärt sie sich einverstanden und nimmt das Seil.

Aufgabe

Wie groß ist die größtmögliche Fläche, die Fay mit einem 100 Meter langen Seil umspannen kann?

TIPP

Es gibt natürlich Formeln, mit deren Hilfe sich die Fläche präzise errechnen lässt, aber die Aufgabe ist auch eine gute Gelegenheit, dein Bauchgefühl zu testen. Der Umfang von 100 Metern bleibt immer gleich, aber bei welcher geometrischen Figur lässt sich die meiste Fläche rausholen?

Also entscheidet sich Fay für einen Kreis und beginnt prompt darin pharaonische Reichtümer anzuhäufen.

Jeff beobachtet sie dabei, und man kann ihm ansehen, dass ihm das nicht gefällt.

33
Original & Fälschung

»Ich bin reich«, jubelt Jeff kurze Zeit später noch immer.

»Und ich erst«, jubelt Fay, immer noch innerlich.

Gar nicht so lange Zeit später hat Fay ihren Kreis mit erklecklich vielen Reichtümern gefüllt. Jeff scheint sich mittlerweile damit abgefunden zu haben, dass Fay ihn ausgetrickst hat, und macht ihr zum Abschied noch ein Geschenk aus seinem Teil der Beute. Ein teures Geschmeide aus Lapislazuli, einem Edelstein, der bei den alten Ägyptern als Stein der Götter verehrt wurde.

Für einen Moment ist Fay gerührt.

»Mister Sheffelton. Das wäre doch nicht nötig gewesen.«

»Ich kann Ihnen das auch wieder wegnehmen«, sagt Jeff schnell.

»Nein, nein«, sagt Fay daraufhin hastig.

Sie bewundert ihr Schmuckstück – bis sie bemerkt, dass Jeff ihr eine Fälschung untergeschoben hat.

Aufgabe

Woran erkennt Fay, dass Jeff sie betrogen hat?

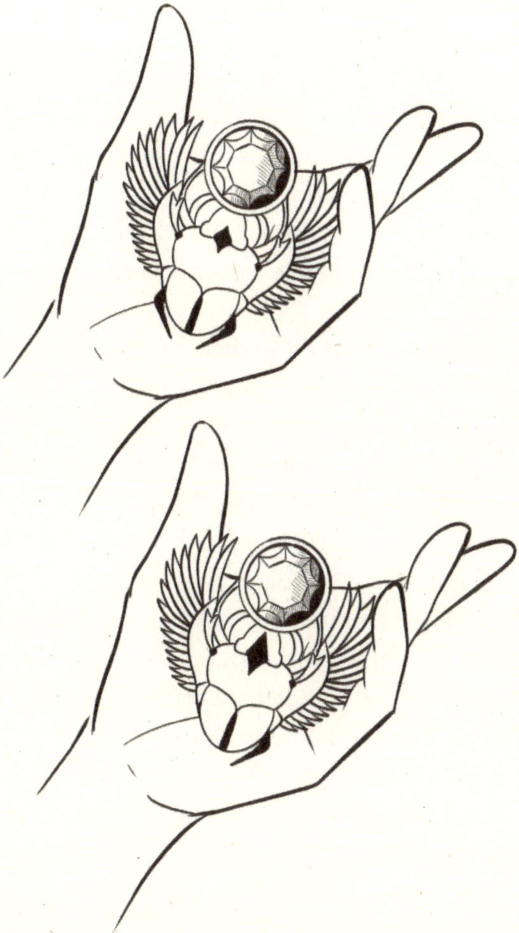

34
Jeff wieder in der Falle

Joanne und Karam betreten nun endlich die Grabkammer. Naila, der die Atmosphäre in der Grabkammer zu düster ist, kümmert sich draußen um die Tiere. Joanne und Karam finden Fay und Jeff in einen formidablen Streit verwickelt.

»Sie haben wohl gedacht, dass Sie mich so leicht reinlegen können, was?«, schnaubt Fay.

»Tun Sie nicht so scheinheilig. Ich kenne Menschen wie Sie«, entgegnet Jeff. »Sie alle wollen immer nur mein Bestes – mein Geld.«

Fay starrt Jeff wütend an. In die Gesprächspause hinein fragt Joanne in die Runde:

»Stören wir?«

Als die beiden Grabräuber die beiden Archäologen sehen, setzt Jeff zur Flucht an. Es kommt zu einer wilden Verfolgungsjagd durch Gewölbe und Gänge, bis Jeff einen verhängnisvollen Fehler macht und falsch abbiegt.

Nun macht er eine für ihn verblüffende Erfahrung. Es ist leider kein Gerücht, dass es in den Grabkammern Fallen für ungebetene Besucher gibt. Jeff stolpert, rutscht, fällt und landet schließlich auf einer Art unterirdischer Insel, die durch ein Oberlicht im Gewölbe beleuchtet wird und von Wasser umgeben ist. Er rappelt sich auf und erkennt: »Ich bin gefangen.« Es gibt keine Brücke, keinen Steg, der von der Insel aufs Festland führt. Und was das Schlimmste ist: In dem Wasser um die Insel herum tummeln sich die gefürchteten Nilkrokodile.

Nach einer Weile erscheint Joanne auf der Balustrade, die

von den Erbauern der Grabkammer gegenüber der Insel eingelassen wurde. Joanne studiert die in den Stein geritzten Instruktionen und macht Jeff ein Angebot, das er nicht ablehnen kann. Wenn er Nailas Vater freilässt und den angerichteten Schaden wiedergutmacht, dann wird sie ihm verraten, wie er von der Insel entkommen kann. Nach einigem Grummeln und Murren lässt Jeff sich darauf ein.

Aufgabe

In der Mitte der Insel befindet sich eine Stele, in die ein Spruch eingemeißelt ist. Er lautet: »Das ist deine letzte Chance, klar!«

Darunter stehen die Zahlen 3–3-4–6-...-...

Der Gefangene muss also die letzten beiden Zahlen eintragen. Doch welche Logik versteckt sich hinter der Reihe?

TIPP

Möglicherweise gibt es einen Algorithmus, der hinter der Zahlenfolge steckt. Vielleicht aber auch nicht. Aber: Der Satz über den Zahlen besteht aus sechs Worten. Der Befreiungscode aus sechs Zahlen. Könnte das ein Indiz für die Lösung sein? Und das Ausrufezeichen hinter dem letzten Wort? Hat das eine besondere Bedeutung?

Und noch was: Bevor Joanne Jeff seinem Schicksal überlässt, sagt sie ihm noch: »Jetzt können Sie zeigen, auf welcher Fakultät Sie waren.«

Was hat Jeffs Bildung mit der Rettung zu tun? Oder wie viel Bedeutungen hat das Wort »Fakultät« eigentlich?

Die Nilkrokodile waren schon zu Zeiten der alten Ägypter gefürchtete Kreaturen. Was unter anderem dazu führte, dass Wäschewaschen am Fluss eine typische Männerarbeit war.

35
Der große Festschmaus

Nachdem Nailas Vater befreit wurde, kehrt der Trupp zum Rastplatz der Beduinen zurück. Die Heimkehr des Stammesfürsten Abdul wird mit einem großen Festmahl gefeiert. Unter freiem Himmel türmen sich auf Tischen die köstlichsten Speisen auf.

Der Beduinenfürst, durch seine eigene Gefangenschaft geläutert, bittet bei Joanne noch einmal um Entschuldigung für das Kidnapping. Auch wenn es auf einer Verwechslung beruhte, so bleibt es am Ende doch eine Missetat. Joanne vergibt ihm.

Abdul ist erleichtert. Bald wird fröhlich getafelt, und Geschichten und Anekdoten machen die Runde. Darunter auch die Geschichte von einem Kamel, mit dem der Fürst ganz besondere Erfahrungen gemacht hatte.

Aufgabe

Abdul hatte sich einst für hundert Pfund ein Kamel gekauft. Doch so richtig glücklich wurde er mit dem Tier nicht. Also verkaufte er es nach eine Weile wieder. Zum Glück mit Gewinn. Der Beduinenfürst strich 110 Pfund ein und war zufrieden.

Aber nicht lange. Bald bereute er den Verkauf. Abdul suchte den neuen Besitzer auf und überredete ihn, ihm das Kamel zurückzuverkaufen. Der neue Besitzer willigte ein, aber unter 120 Pfund wollte er das Kamel nicht gehen lassen.

Der Fürst bezahlte anstandslos den Preis und ritt davon.

Doch sein Glück hielt nicht lange an. Nur allzu bald bereute er den erneuten Kauf. Er entschloss sich, das Kamel ein zweites Mal zu veräußern. Diesmal endgültig. Und wieder hatte er Glück. Abdul fand einen Käufer, der ihm 130 Pfund bot.

Abdul nahm das Geld und ging nach Hause, nicht ganz sicher, ob er nun aus der ganzen Sache mit Gewinn, Verlust oder einer glatten Nullnummer herausgekommen war.

Weißt du's?

TIPPS

Auch wenn das Hin und Her auf den ersten Blick verwirrt, am Ende geht es um ganz normale Buchhaltung.

36
Eine Torte für alle

Obwohl Joanne und Karam schon mehr als überzeugend erklärt haben, dass sie beim besten Willen keinen Bissen mehr hinunter bekommen können, hat der Stamm später am Abend für Joanne, Karam, Naila und den Fürsten noch eine besondere Überraschung parat. Ein riesengroßer, köstlicher Kuchen. Besser gesagt, eine richtige Torte. Sie soll für die Ehrengäste in vier gleich große Stücke geteilt werden.

Joanne stöhnt auf. Die Torte sieht zu verlockend aus. Für einen Moment überlegt Joanne, ob es bei den Beduinen auch einen Doggie-Bag gibt. Dann könnte sie den Kuchen mit nach London nehmen. Schließlich hätte Bert auch eine Belohnung verdient.

»Die Dattel-Feigen-Füllung ist absolut köstlich«, erklärt der Koch des Beduinenstammes. »Sie ist nach einem Familienrezept zubereitet, ein altes Geheimnis, das nur von Generation zu Generation weitergegeben wird. Nicht mal Abdul kennt es.«

Abdul lässt sich ein Stück der Torte servieren.

»Köstlich, einfach nur köstlich«, sagt der Fürst mit halb vollem Mund, was ihm aber keiner übel nimmt.

»Also gut«, sagt Joanne und hält ihren Teller der Torte entgegen.

Aufgabe

Aber zu Joannes Glück tauchen in diesem Moment vier Abgesandte eines befreundeten Stammes auf, die – so verlangt es das Gesetz der Gastfreundschaft – ebenfalls bewirtet werden sollen.

Nun muss also die Torte in acht gleich große Stücke geteilt werden. Für Joanne und Co. ist das kein Problem. Aber geht das auch mit drei Schnitten?

TIPP

Auf den ersten Blick scheint es unmöglich, mit drei Schnitten auszukommen. Aber hast du auch über die Richtung nachgedacht, in der die Schnitte ausgeführt werden?

37
Zahlenpyramide

Nachdem das Festmahl vorüber ist, ziehen sich Joanne und ihre Freunde unter ihre Zeltbahnen zurück und blicken auf denselben Himmel, den schon die alten Ägypter vor Tausenden von Jahren erblickt haben. Und offenbar hatten sie sich auch damals schon etwas dabei gedacht. Die drei Pyramiden von Gizeh sind so angeordnet, dass sie die drei Gürtelsterne des Sternbilds Orion darstellen, und auch die Kanten der Pyramiden sind exakt nach den Himmelsrichtungen ausgerichtet.

Naila kann gar nicht genug von den Geschichten bekommen.

»Wenn ich groß bin, möchte ich auch Archäologin werden«, erklärt sie stolz.

»Warum nicht«, sagt Joanne und beobachtet erfreut aus den Augenwinkeln, dass Abdul bei diesem Satz stolz nickt.

Und damit die Pyramidenfachsimpelei sind allzu ernst wird, baut Joanne immer wieder Zahlenspiele ein. So wie dieses Zahlenpyramidenrätsel.

Aufgabe

Erkennst du das Prinzip, das sich hinter der Zahlenpyramide versteckt?

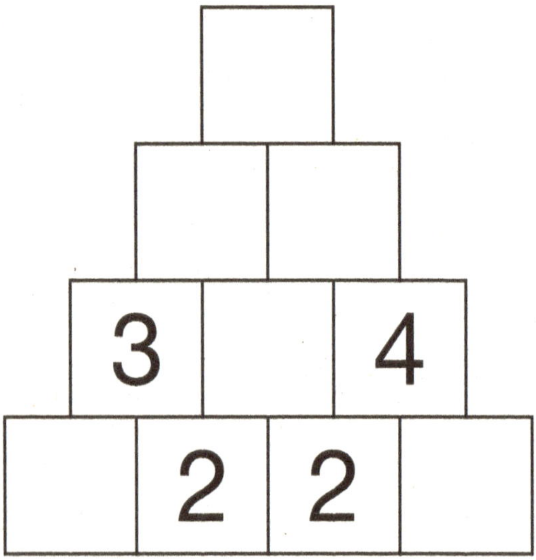

TIPP

Eine Pyramide muss auf einem soliden und stabilen Fundament stehen.

38
Die Stimmen der Vergangenheit

Die Party ist schon lange vorbei, da begutachtet Joanne noch immer ihre neu gewonnenen Fundstücke. Aber irgendwann fallen auch der besten Archäologin die Augen zu. Joanne beschließt, für heute Feierabend zu machen. Sie zieht sich in ihr Zelt zurück. Den Schlaf findet sie schnell.

In der Nacht hat sie einen Traum, in dem ihr verschiedene Gestalten der ägyptischen Geschichte erscheinen und zu ihr sprechen.

Erscheinung #1: Ich bin der Trendsetter. Ohne mich hätten all die anderen Herrscher gar nicht gewusst, was sie mit ihrer Zeit hätten machen sollen.

Erscheinung #2: Und ohne mich wäre auch dein Plan nur Traum geblieben.

Erscheinung #3: Was soll ich denn da erst sagen? Es braucht am Ende immer Leute wie mich. Ganz viele Leute wie mich.

Erscheinung #4: Halt den Mund, verstanden?

Erscheinung #5: Du hältst den Mund! Denn obwohl ich mächtig bin, habe ich nicht vergessen, woher ich komme.

Erscheinung #6: Was redet ihr nur von Macht und Arbeit?

Am Ende zählt allein die Schönheit. Und davon habe nur ich reichlich.

Erscheinung #7: Was meine Frau sagt, stimmt. Happy Wife – happy life.

Aufgabe:

Ordne diese sieben Erscheinungen diesen historischen Personen zu.

A) Nafi, Sklave beim Pyramidenbau
B) Senenmut, Wesir der Pharaonin Hatshepsut. Hat als einfacher Bauer begonnen und sich bis ganz nach oben gearbeitet.
C) Djoser. Pharao. Baute die erste Pyramide.
D) Nofretete. Galt als schönste Frau ihrer Zeit.
E) Imhotep. Wesir von Djoser. Der Mann fürs Praktische.
F) Echnaton. Gatte von Nofretete. Blieb 17 Jahre im Amt.
H) Essam, Aufseher

39
Alles nur Affentheater?

Die Wände der Grabkammer Natseputs sind voller Zeichnungen. Es gibt ziemlich viele Darstellungen von wichtigen Würdenträgern in wichtigen Momenten, aber auch jede Menge Alltagsdarstellungen. Leute beim Getreidemahlen, ja sogar beim Bierbrauen. Wieder andere zeigen sich schminkende Frauen sowie Männer, die auf die Jagd gehen.

Ein Bild fasziniert Naila besonders.

Es zeigt eine Gruppe von Affen, die geschickt in die Kronen von Palmen klettern und sich dort Datteln holen.

Um die Affen herum stehen mehrere Männer. Die Tiere sind mit Stöcken ausgestattet, aber keiner der Männer hält einen Stock in der Hand, sie sind in der Nähe gestapelt, ebenso wie Kisten mit Datteln. Die Männer beobachten die Affen, aber sie wirken dabei nicht böse. Einer der Männer füttert einen Affen aus einem Beutel.

Als Naila nun fragt, was dieses Bild beschreibt, bietet ihr Joanne verschiedene Erklärungen an. Nur eine ist richtig.

Aufgabe

Naila soll selbst herausfinden, welche Aussage richtig ist, und ihre Entscheidung begründen. Kannst du es auch?

A) Die Affen plündern die Palmenfelder der Menschen, aber die haben es schon lange aufgegeben, sich zu wehren.
B) Affen klettern einfach gerne, warum nicht auch auf Palmen?
C) Auch Affen wurden im alten Ägypten als Gottheiten verehrt, das Bild zeigt ein Ritual in einem heiligen Dattelpalmenrain.
D) Die Affen wurden zur Dattelpalmenernte dressiert.
E) Das Bild zeigt einen Streit zwischen zwei Stämmen, wie man an den Stöcken erkennen kann. Die Anwesenheit der Affen ist reiner Zufall.

40
Natseputs Goldschatz

Endlich. Endlich. Endlich. Als Joanne und Karam sich schließlich in Ruhe der Grabkammer widmen können, finden sie, wonach Fay und Jeff vergeblich gesucht haben: den legendären Münzschatz von Pharao Natseput. Er besteht zum größten Teil aus Goldstatern, die von Pharao Tachos im 4. Jahrhundert v. Chr. geprägt wurden.

Beide sind glücklich und stolz zugleich. Nicht nur, dass ihnen ein großer Forschungserfolg gelungen ist, nein, sie konnten auch verhindern, dass der raffgierige Jeff Sheffelton sich den Schatz unter den Nagel reißt, und er so vor den Augen der Weltöffentlichkeit verschwindet.

»Und was machen wir nun?«, fragt Karam.

Joanne lässt scheinbar gedankenversunken die vielen Münzen durch ihre Finger gleiten.

»Eigentlich wollte ich schon immer mal richtig Urlaub machen«, sagt sie. »Das dürfte für ein paar Wochen all inclusive – egal wo – reichen.«

»Ist das dein Ernst?«, fragt Karam überrascht.

Joanne legt die Münzen auf den Stapel zurück.

»Natürlich nicht. Aber zählen sollten wir unseren Schatz schon, oder?«

Karam nickt. Und dann machen sich beide an die Arbeit.

Aufgabe

Auch griechische und phönizische Münzen befinden sich im Schatz. Doch sind die wirklich alle echt?

TIPP

Studiere besonders die Beschriftung der Münzen.

41
Legende der Nachkommen

Joanne ist ganz in ihren Element. Wie bei einem riesigen Puzzle findet sie immer neue Elemente, die sich zu einem neuen Bild zusammenfügen lassen. Bei so vielen Dynastien gab es natürlich jede Menge Herrscher. Die einen waren gut für ihr Land, halfen ihrem Volk, Missernten zu überstehen und wehrten äußere und innere Feinde ab. Die anderen hingegen waren einfach nur eitel und herrschsüchtig und verwickelten das Reich in kostspielige Kriege mit den Nachbarn. Alle – egal wie gut ihr Leistungsnachweis war – mussten jedoch immer damit rechnen, Opfer einer Palastintrige zu werden, denn es gab genug Wesire, die selbst Pharao anstelle des Pharaos werden wollten. Eine wichtige Frage für Herrscherhäuser war die Thronfolge. In einem alten Papyrus findet Joanne folgende Geschichte.

Aufgabe

Schon als sie noch jung waren, wurden Natseputs Kinder im Herrscherhaus versammelt. Jedes bekam einen Bohnensamen, den es aufziehen sollte. Nach geraumer Zeit wurden die Kinder wieder am Thron vorstellig und sollten ihre Zuchterfolge präsentieren. Natseput hatte vier Kinder. Drei Jungen und ein Mädchen. Die Jungen präsentierten blühende Bohnenstauden. Im Beet des Mädchens wuchs nichts. Trotzdem wurde sie zur Favoritin auserkoren.

Hast du eine Vermutung, warum?

TIPP

Bedenke, dass Herrscher immer befürchten müssen, von ihren Höflingen belogen und umschmeichelt zu werden. Sie ersinnen deshalb viele Methoden, die Ehrlichkeit ihrer Untergebenen zu überprüfen.

42
Geheimnis der Königskronen

Das alte Ägypten existierte über Tausende von Jahren. Die Anfänge waren bescheiden. Was später zu einer der imposantesten Zivilisationen der Menschheitsgeschichte werden sollte, war in den ersten Tagen nicht viel mehr als ein paar Schilfhütten an den morastigen Ufern eines schlammigen Flusses.

Doch aus Dörfern wurden Gemeinden, aus Gemeinden Städte und aus Städten Metropolen, um die sich Reiche formierten, die immer größer wurden. Anfangs gab es zwei Reiche: Ober- und Unterägypten. Das Herz des südlichen Oberägypten war das fruchtbare Niltal, das sich selbst an seiner breitesten Stelle über nicht viel mehr als zwanzig Kilometer erstreckte. Dann kamen auch schon Wüsten und Gebirge.

Das nördliche Unterägypten organisierte sich rund um das Nildelta. Erst etwa 3.000 Jahre v. Chr. wurden die beiden Reiche vereinigt. Nun gab es nur noch einen Pharao, dessen rot-weiße Krone aus denen seiner beiden Vorgänger zusammengesetzt war.

Aufgabe

Kannst du anhand der folgenden Angaben die Namen, die Kronen und die Amtssitze der Pharaonen von Ober- und Unterägypten sowie dem vereinten Reich bestimmen?

1.) Der Skorpion-König herrscht nicht in Luxor.
2.) Menes heißt der Herrscher über das vereinte Ägypten.
3.) Der Pharao, der in Theben herrscht, trägt die weiße Krone.
4.) Imichet herrscht in Memphis.
5.) Der Pharao von Oberägypten trägt die weiße Krone.
6.) Der Name des Pharaos von Unterägypten beginnt weder mit M noch mit I.
7.) Der Pharao, der in Luxor herrscht, trägt die Doppelkrone.

TIPPS

Bei Logikaufgaben kann es helfen, eine Tabelle anzulegen, in die alle möglichen Kriterien eingetragen werden. (Siehe Beispiel.)
Da in jeder Kategorie (Amtssitz – Krone – Reich) nur ein Fakt zutrifft, kommt man per Ausschlussverfahren den wahren Pharaonen schnell auf die Spur.

	Menes	Skoriopon-König	Imichet
Luxor?			
Theben?			
Memphis?			
Rote Krone?			
Weiße Krone?			
Rot-weiße Krone?			
Oberägypten?			
Unterägypten?			
Geeintes Reich?			
Name mit M?			
Name mit S?			

43
Das Land der Lotusblüte

Ägypten wird auch als das Land der Lotusblüte bezeichnet. Der Stängel symbolisiert den Nil, die Blüten das Delta. Ob man nun Lotus oder Lotos sagt, darüber haben sich die Pharaonen vermutlich über Dynastien hinweg gestritten. Auch gibt es Leute, die sagen, dass der altägyptische Lotus nicht viel mehr war als eine Seerose. Das ist in altägyptischen Ohren jedoch eine Frechheit, denn wie wichtig der Lotus war, erkennt man nicht nur an der Legende, in der die Pflanze als Symbol für das ganze Land betrachtet wird.

In der Mythologie gibt es Kindgötter, die in einer Lotuspflanze sitzen, die Kapitelle der Säulen an manchen Tempeln sind Lotusblüten nachempfunden und das ägyptische Totenbuch wäre ohne Anspielungen und Verweise auf Lotusblüten ganz schön arm.

Kein Wunder, dass auch Joanne etwas zu diesem Thema beizutragen hat.

Aufgabe

Aber man kann mit der Lotusblüte auch noch andere Dinge machen. Zum Beispiel rechnen. Im alten Ägypten gab es neben dem Nil einen See, auf dem eine einzelne Lotusblüte wuchs. Und zwar sehr schnell. Schon am zweiten Tag bedeckte die Blüte doppelt so viel Fläche, wie am ersten Tag. Und am dritten Tag doppelt so viel wie am zweiten. Und so ging es immer weiter.

Nach dreißig Tagen war die gesamte Oberfläche des Sees zugewachsen. Aber wie lange würde es dauern, bis die Hälfte der Wasserfläche von der Lotusblüte bedeckt ist?

Und nur für den Fall, dass diese Aufgabe zu einfach erscheint: Wie lange dauert es, bis die Hälfte der Wasseroberfläche zugewachsen ist, wenn zwei Lotusblüten – beide mit demselben Tempo – wüchsen?

TIPP

Wer hier eine Ähnlichkeit zu Rätsel 13 erkennt, ist auf der richtigen Fährte.

Gypt's das wirklich?

Ein anderer Name für Ägypten war »Kemet«, was so viel bedeutete wie schwarzes Land. Der Name kommt von dem dunklen Schlamm, der an den Ufern des Nils angeschwemmt wurde und fruchtbar war. So fruchtbar, dass die alten Ägypter ihr Nomadenleben aufgeben konnten und sesshaft wurden.

44
Bestandsaufnahme Souvenirshop

Nach dem großen Abenteuer um Natseputs Grab kehrt auch bei dem Beduinenstamm von Naila wieder der Alltag ein. Jeden Tag ergießen sich neue Touristenströme in das Tal und folgen den Erklärungen der Touristenführer. Allerdings werden sie noch eine Weile warten müssen, bis auch Natseput in den Erzählungen auftaucht, denn noch hat Joanne ihre Erkenntnisse der Fachwelt nicht präsentiert.

An ihrem Souvenirstand verkauft Naila Miniaturausgaben von der Sphinx, Pharao-Büsten und das Ankh-Symbol. Doch sie nutzt die Souvenirs auch für mathematische Spielereien. Außerdem kann sie bei der Gelegenheit prüfen, wie groß ihr Warenbestand ist.

Aufgabe

Kannst du ihre Aufgabe lösen?

Folgende Gleichungen hat sich Naila ausgedacht:

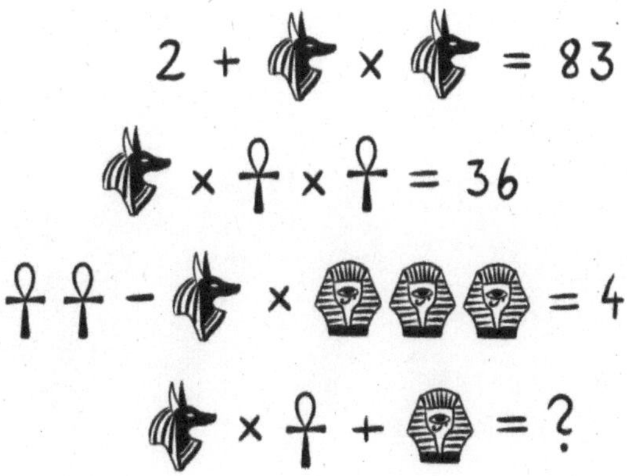

TIPPS

1. Am besten betrachtest du die Symbole der Souvenirs wie Variablen in einer mathematischen Gleichung.
2. Denke an die alte Mathe-Regel: Punkt-Rechnung geht vor Strich-Rechnung.

45
Wiedersehen am Schaduf

Nachdem sich Joanne und Karam von dem gastfreundlichen Beduinenstamm verabschiedet haben, machen sie sich auf den Heimweg. Karam zieht es an die Universität von Kairo, Joanne will wieder an ihr Institut zurückkehren. Sie freut sich schon auf das Gesicht von Miss Myrtle Turtle, wenn sie ihr diesmal ihre wirklich unanfechtbaren Forschungsergebnisse präsentieren kann.

Zurück am Nil treffen Joanne und Karam am Schaduf ihren alten Bekannten wieder. Doch der Fellache hat ein neues Problem. Seine alten Eimer (drei und fünf Liter) sind kaputtgegangen, worauf er zwei neue gekauft hat.

Leider weiß er nicht, wie groß die sind. Nun könnten wir warten, bis sich das metrische System auch bei der ägyptischen Landbevölkerung durchsetzt. Aber vielleicht hast du eine bessere Lösung.

Aufgabe

Alles, was der Mann weiß, ist: Beide Eimer zusammen fassen 15 Liter. Als Joanne vorbeikommt, ist ein Eimer – nennen wir ihn Eimer A – bis zum Rand gefüllt. Der andere – nennen wir ihn Eimer B – halb voll. Wird der gesamte Inhalt von Eimer A in Eimer B gekippt, ist dieser randvoll (und Eimer A zwangsläufig leer). Kannst du bestimmen, wie groß das Fassungsvermögen der beiden Eimer ist?

TIPP

Das Fassungsvermögen der beiden Eimer lässt sich ganz humorlos mit einer Formel mit zwei Unbekannten ausrechnen. Aber es geht schneller, wenn du das Fassungsvermögen von Eimer A und Eimer B ins Verhältnis setzt.

46
Gehen wie ein Ägypter

Walk Like an Egyptian, der klassische Songs der Bangles wurde auf Spotify über 200 Millionen Mal gespielt, aber die Frage, wer denn nun herausgefunden hat, wie Ägypter wirklich gingen, wurde dabei eher selten gestellt.

Einer der Gründe, weshalb Joanne Stone in Fachkreisen so hohes Ansehen genießt, ist die Tatsache, dass sie ein Rätsel gelöst hat, welches die Menschheit seit Jahrzehnten umgetrieben hat: Wie gingen Ägypter wirklich?

Joannes Antwort ist simpel und überzeugend: Ein Ägypter geht so, wie ein Springer auf dem Schachfeld zieht. Also entweder einmal gerade, einmal schräg – oder umgekehrt: einmal schräg, einmal gerade.

Aufgabe

Platziere einen alten Ägypter (wenn du keinen kennst, kannst du auch einen Springer oder irgendeine andere Figur aus dem Schachspiel nehmen) in einer Ecke eines Schachbretts. Bewege nun den Ägypter wie einen Springer so übers Brett, dass er jedes Feld genau einmal berührt.

TIPP

Ganz ehrlich, das ist eine sehr schwere Aufgabe, die selbst Mathematiker ins Schwitzen bringt. Probiere einfach mal ein bisschen herum, dann wirst du schon sehen.
Es gibt eine Faustregel, die das Leben ein bisschen einfacher macht, die lautet: Gehe immer als Nächstes auf das Feld, von dem aus der Ägypter (oder Springer) die geringste Auswahl an Feldern hat.
Dadurch wird es einfacher, aber immer noch nicht leicht. Denn oft gibt es Situationen, in denen es auch hier noch mehrere Varianten gibt, und außerdem muss man die Felder im Auge behalten, auf denen man schon war. Das geht am einfachsten, wenn man sie markiert.

Gypt's das wirklich?

Das Springer-Problem hat der Schweizer Mathematiker Leonard Euler im 18. Jahrhundert formuliert. Die Faustregel, die am schnellsten zur Lösung führt, stammt aus dem 19. Jahrhundert von einem gewissen H. C. Warnsdorf.

47
Mummy Knows Best

Joanne ist wieder in London. Die Begrüßung durch Miss Myrtle Turtle war eher ungnädig. Schließlich mag die Institutsleiterin es überhaupt nicht, wenn ihre Anweisungen nicht befolgt werden. Und hatte Joanne nicht den Auftrag, alle Mumien-Datensätze zu archivieren?

Joanne macht auf zerknirscht und gesteht ihre Disziplinlosigkeit ein, – aber sie hat auch einen Köder. Sobald Joanne ihre Erkenntnisse präsentiert hat, wird das VIP in aller Munde sein.

Versprochen.

Joannes große Präsentation ihrer Erkenntnisse in Sachen Pharao Natseput rückt näher. Während sie ihren Vortrag noch einmal durchgeht, klopft Praktikant Bert schüchtern an die Tür. Zwar hat er wie aufgetragen die Mumie von Natseput im Aufbewahrungsraum des VIP abgelegt, aber dabei leider vergessen, die Mumie zu etikettieren. Nun liegt Natseput bei den anderen Mumien und Bert weiß nicht, welche von ihnen sie ist.

Aufgabe

Kannst du auf Grund des Wickelmusters erkennen, wo sich Natseput verbirgt?

Gypt's das wirklich?

Die alten Ägypter fingen schon vor 3.500 Jahren an, ihre Toten zu mumifizieren. Der ganze Prozess ist ziemlich gruselig und erklärt, weshalb es so viele Horrorfilme mit Mumien gibt.
Zuerst wurde das Gehirn der Toten entfernt. Das geschah über die Nasenlöcher. Dann kamen die restlichen Organe raus und schließlich wurde der ganze Körper von innen »gereinigt«. Was dann noch übrig war, wurde 40 Tage lang in Salzlake gelegt. War der Körper ausgedörrt, wurden die Überreste bandagiert. Dabei wurden zwischen den Bandagen Schmuckstücke und Amulette versteckt, damit die Toten im Jenseits von den anderen unterschieden werden konnten.

48
Hoher Besuch

Nun ist er da, der große Tag. Joanne ist endlich bereit, ihre Forschungsergebnisse in Sachen Natseput der akademischen Welt zu präsentieren. Während Joanne noch einmal ihren Vortrag durchgeht, stürzt Praktikant Bert herein. Er hat beunruhigende Nachrichten.

Im Publikum werden bei der Präsentation nicht nur Leute von der Uni sitzen – mit Karam und Ms. Myrtle natürlich in der ersten Reihe –, sondern daneben auch noch ein Ägyptologe aus Cambridge sowie Prof. Wartham-Nogg, die unumstrittene Koryphäe in allen Pharaonen-Dingen. Seine Kompetenz ist geschätzt, seine scharfzüngigen Kommentare sind gefürchtet. Allerdings führt Prof. Wartham-Nogg ein scheues, zurückgezogenes Leben. Niemand weiß, wie er wirklich aussieht. Auch Karam hat ihn noch nie gesehen. Und Bert konnte nur ein paar Bemerkungen aufschnappen.

Aufgabe

Kannst du anhand der folgenden Statements auflisten, wie die Großkopferten in der ersten Reihe nebeneinandersitzen?

1. Ms Myrtle Turtle sitzt links neben dem Cambridge-Mann.
2. Karam sitzt links neben Prof. Wartham-Nogg.
3. Prof. Wartham-Nogg sitzt rechts von Ms. Myrtle Turtle und dem Cambridge-Mann.
4. Der Cambridge-Mann sitzt zwischen Myrtle Turtle und Karam.
5. Prof. Wartham-Nogg sitzt nicht neben dem Cambridge-Mann.

(Alles von der Bühne aus gesehen)

TIPPS

Auch bei dieser Logikaufgabe kann eine Tabelle helfen. Diesmal reicht aber eine Zeile. Wähle für jeden Namen einen Buchstaben. Nach dem Lesen des ersten Satzes schreibst du:

M (für Myrtle Turtle)
C (für Cambridge)

Lass genügend Platz zwischen den Namen, weil die nächsten Aussagen evtl. die Lücken füllen. Kontrolliere alles noch mal, bevor du zu einem abschließenden Urteil kommst.

49
Die Präsentation im VIP

Angespannt, aber konzentriert berichtet Joanne, wie sie auf die Spur des bislang unbekannten Pharaos gestoßen ist. Wie sie immer mehr Materialien sammelte und sich schließlich ein immer besseres Bild von dieser Herrschaftsperiode machen konnte. Und dann spielt sie den Trumpf aus, den sie bis zuletzt zurückgehalten hat: Natseput war nicht nur Pharao, sondern eine Frau.

Joanne wurde erstmals stutzig, als sie Aufzeichnungen über den Bart von Natseput fand. Nun war der Bart der Pharaonen ein Zeichen der Macht, auch Männer schmückten sich auf dem Thron mit falschen Bärten, doch Natseput hatte den falschen Bart offenbar bald abgelegt und dennoch weiter geherrscht.

Und ein weiteres Indiz bestärkte Joanne in ihrer These. Das sogenannte Pektoral, der aufwendig gearbeitete Brustschmuck, den die Pharaonen bei offiziellen Anlässen trugen.

In der Grabkammer hatte Joanne das Pektoral von Natseput gefunden, und das war eindeutig so gearbeitet, dass es nur auf einen weiblichen Körper passte.

Und als sie dann noch herausfand, wie sich Natseput um ihren Nachwuchs kümmerte und mit ihren Familienangelegenheiten umging, stand Joannes Urteil fest. Natseput war eine Pharaonin. Punkt.

Also: Von einer Pharaonin Natseput ist nichts bekannt. (Noch nichts.) Aber Hatshepsut, die Witwe von Thutmosis II, sollte ursprünglich nur übergangsweise für ihren Stiefsohn regieren, machte dann aber lieber selbst den Job. Hatshepsut regierte insgesamt 22 Jahre lang. Nur war es bei ihr umgekehrt als bei der fiktiven Natseput: Die ersten Standbilder zeigten Hatshepsut noch als Frau, später dann mit Bart.

50
Das Erfolgserlebnis

Joanne blickt in die Runde. Für den letzten Satz braucht sie kein Manuskript.

»… auf jeden Fall möchte ich Ihnen allen für Ihre Zeit und Ihre Aufmerksamkeit danken. Sollten Sie noch Fragen zu dem Thema haben, stehe ich Ihnen jederzeit zur Verfügung.«

Joanne wagt einen Seitenblick zu Miss Turtle.

»Nicht zuletzt gilt mein Dank unserer verdienten Institutsleiterin Miss Myrtle Turtle, die mich in meiner Forschungsarbeit immer bestärkt und mir alle Freiräume gelassen hat.«

Miss Myrtle Turtles Miene bleibt unverändert. Sie lässt sich nicht anmerken, ob sie den Köder geschluckt hat. Auch im Saal herrscht erst Stille. Dann erhebt sich das Publikum auf den Rängen. Standing Ovations. Minutenlang. Joanne strahlt stolz. Dann huscht ihr ein Gedanke durch den Kopf. Schade, dass Natseput das nicht mehr erleben darf.

Aufgabe

Doch wie haben die Experten reagiert? Kannst du erkennen, ob der Vortrag auch bei ihnen angekommen ist?

51
Die Sprache der Steine

Währenddessen, ein paar Tausend Kilometer weiter südlich in der Wüste, müssen Fay und Jeff hart arbeiten. Dazu gehört: ein Grabfeld aufzuräumen. Jeff und Fay mögen die Arbeit nicht besonders, aber da Abdul die Aufsicht führt, beschweren sie sich lieber nicht. Vergleiche mit den Sklaven, die damals die Quader für die Pyramiden durch den Wüstensand zerren mussten, würden bei ihm sicherlich nicht gut ankommen.

Also versuchen beide gute Miene zum anstrengenden Spiel zu machen. Nur Fay seufzt zwischendurch immer mal wieder. Heimlich verflucht sie sich für ihre Vorliebe für die Reichen und Schönen. Diese Plackerei hätte sie auch woanders bekommen können.

Doch plötzlich … zieht Jeff Fay verstohlen zur Seite. Er glaubt in den Grabtrümmern ein ähnliches Exemplar des Steins von Rosetta entdeckt zu haben. Jeff jubelt. Damit hätten sich all die Mühen doch noch gelohnt.

Gypt's das wirklich?

Der Stein wurde von Jean-François Champollion, einem Soldaten Napoleons, am Ende des 18. Jahrhunderts entdeckt. Da auf ihm der identische Text in drei Sprachen notiert war, kam man durch den Stein bei Entschlüsselung altägyptischer Texte einen großen Schritt weiter.

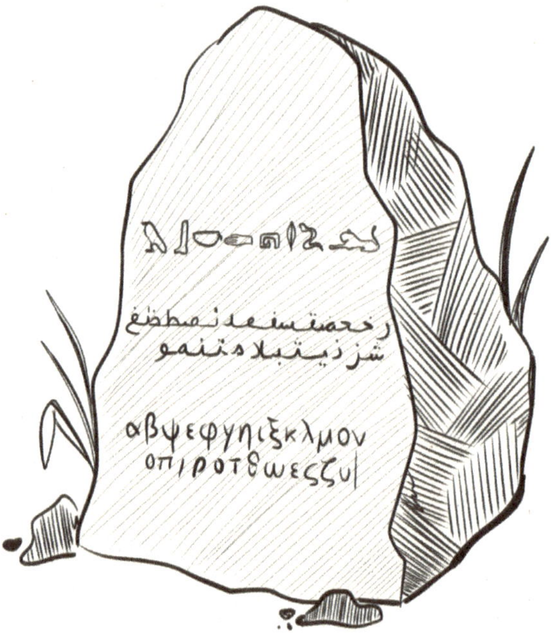

Aufgabe

Als Fay und Jeff Abdul stolz ihren Fund präsentieren, fängt der schallend an zu lachen.

Warum?

TIPP

1. Der Stein von Rosetta entstand zur Zeit von Alexander dem Großen (356 v. Chr. – 326 v. Chr.) Was gab es damals noch nicht?

52
Wo wartet das nächste Abenteuer?

Ein paar Wochen später. Erholt, entspannt und braun gebrannt kehrt Joanne nach einem ausgiebigem Schnorchelurlaub mit Karam in Hurghada wieder in ihr Büro im VIP-Institut zurück. Noch bevor sie in den Urlaub fuhr, hat Joanne ein neues Büro bezogen. Es ist größer und geräumiger, bietet viel Platz für Relikte und Dokumentationen. Hier lässt es sich gut arbeiten. Das will Joanne auch gerne tun. Doch zunächst einmal zieht es sie wieder in die Welt hinaus.

Tja, da kann Joanne einfach nicht aus ihrer Haut. Wenn eine Herausforderung lockt, muss sie sich ihr stellen. Auch wenn sie nicht sicher ist, ob sie Bert – wie er sie eindringlich gebeten hat – auf ihren nächsten Trip mitnehmen soll. Auf dem Foto erkennt sie, wo das nächste Abenteuer sie hinführen wird.

Du auch?

Aufgabe

TIPP

Diesmal geht es noch weiter zurück in der Geschichte der Erde.

Lösungen:

Aufgabe 1

Aufgabe 2

Es gilt die Anzahl der Beine. Eule (2 Beine) + 2 Füße.

Aufgabe 3

Aufgabe 4

Aufgabe 5
Die Scherben der Fensterscheibe liegen innen. Daraus schlussfolgert Joanna, dass der Dieb von außen kam.

Aufgabe 6
Die Zifferblätter müssen als Zahlen gelesen werden.
20:15, 18:30, 09:30
Die Vorwahl für Ägypten ist +20.
Karams Nummer lautet also +20–15–1830 09 30.

Aufgabe 7
Die Diebin ist Frau Nummer drei.

Aufgabe 8

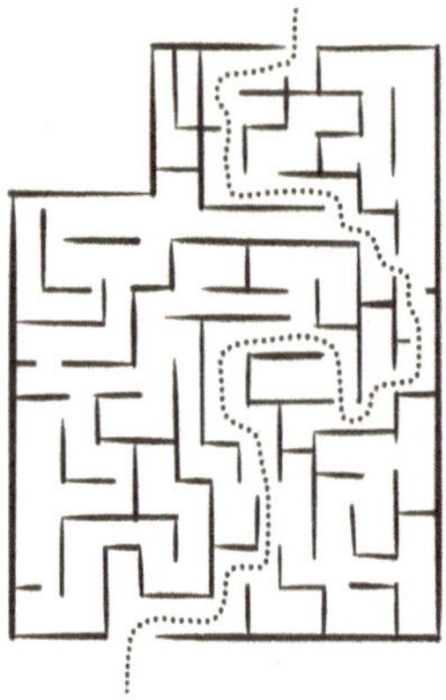

Aufgabe 9
Da sich die Aussagen von Butler und Chauffeur widersprechen, muss eine wahr sein. Die Behauptung des Butlers, sowohl er als auch der Chauffeur würden immer die Wahrheit sagen, ist offensichtlich falsch. Also hat der Butler die Wahrheit gesagt.

Jeff liegt mit seiner Jacht bei Alexandria vor Anker.

Aufgabe 10
London Bridge, Schiefer Turm von Pisa, Eiffelturm, Mona Lisa, Taj Mahal, Osterinselkopf

Aufgabe 11
Joannes Nachricht lautet: Hilfe.
Die Blümchen zwischen den Zeichen sind nur Verzierung.
Die Striche um die Punkte beschreiben die Position der Taste.
Die »5« liegt in der Mitte und ist vollkommen eingerahmt. Die »4« liegt am linken Rand und hat deshalb nur einen Strich am linken Rand.
Die Punkte bestimmen, welcher Buchstabe auf der Taste – unter

der Zahl – gemeint ist. Zwei Punkte auf der Taste 4 bedeutet: H. Drei Punkte auf der Taste = I. Usw.

Aufgabe 12

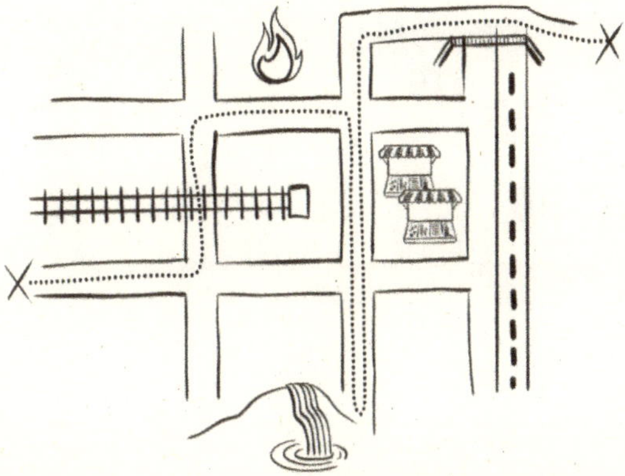

LH2

Aufgabe 13
Ein Schachbrett hat acht mal acht, also 64 Felder. Der Tempelwächter wollte also 2^{64} Dollar. Oder mit anderen Zahlen: $ 18.446.744.073.709.551.615. So viel Geld hat selbst der reiche Jeff nicht.

Aufgabe 14

Durch Ein- und Ausschalten der Lagerraumbeleuchtung sendet Joanne folgende Nachricht in die Welt:

Aufgabe 15

Die klassische Frage der Sphinx lautet: Welches Lebewesen hat erst vier Beine, dann zwei, dann drei.

Antwort: Der Mensch.

Das Baby krabbelt auf allen vieren, der Erwachsene geht aufrecht, der Alte stützt sich auf den Stock.

Bonus-Antwort: Und wie lautet die Antwort auf das Rätsel der Sphinx aus Assassins Creed?

Der Fluss.

Aufgabe 16

1. Den 5-Liter-Krug füllen.
2. Drei Liter aus dem 5-Liter Krug in den 3-Liter-Krug gießen.
3. Die drei Liter aus dem 3-Liter-Krug wieder in den Nil kippen (keine Sorge, der führt genug Wasser).
4. Nun die verbliebenen zwei Liter aus dem 5-Liter-Krug in den 3-Liter-Krug füllen. (Merken: Der 3-Liter-Krug enthält jetzt genau zwei Liter Wasser.)
5. Den 5-Liter-Krug erneut mit Nilwasser füllen.

6. Aus dem 5-Liter-Krug Wasser in den 3-Liter-Krug gießen, bis der voll ist.
7. Der 3-Liter-Krug ist jetzt voll. Dank des einen Liters aus dem 5-Liter-Krug. Der jetzt – wie gewünscht – genau vier Liter enthält.

Aufgabe 17
Zum Viehbestand der Familie gehören 10 Kamele.
10 Kamele = 40 Beine
25 Hühner = 50 Beine
Gesamt: 35 Köpfe, 90 Beine

Wer will, kann das auch streng mathematisch lösen:

Für die Hühner verwenden wir die Variable H, für die Kamele K.

H + K = 35 (Köpfe)
2H + 4K = 90 (Beine)
Wenn die erste Formel nach den Hühnern umgestellt wird und diese dann in die »Kamelgleichung« eingesetzt wird, lässt sich die Aufgabe lösen.
H = 35-K
Nun diese Gleichung in die Kamelgleichung einsetzen.
2(35-K) + 4K = 90
Klammer auflösen:
70–2K + 4K = 90
Kamele auf eine Seite bringen, also -70
-2K + 4 K = 20
Kamele glatt stellen:
2K = 20
Beide Seiten durch 2 teilen:
K (Kamele) = 10.
Aber wie gesagt, Probieren geht auch.

Aufgabe 18
Thutmosis natürlich. Okay, das war eine Trickfrage. Aber auch damit muss man im Tal der Könige immer rechnen.

Aufgabe 19
Auf der Skizze sind zwei Quadrate zu sehen. Einmal ein großes, das alle Räume umfasst, mit einer Kantenlänge von 9 Metern. Und ein kleines links unten mit einer Kantenlänge von 5 Metern. So gibt es mehrere Wege, die Fläche der beiden kleineren Räume zu ermitteln.
Das große Quadrat hat eine Fläche von 81 Quadratmetern, das kleine von 25 Quadratmetern.
81–25–36 = 20.
Die beiden kleinen Räume zusammen haben also eine Fläche von 20 Quadratmetern.
Der größere der beiden Räume ist 3 Meter breit.
Er muss 4 Meter hoch sein. (Kantenlänge großes Quadrat 9 Meter minus Kantenlänge kleines Quadrat 5 Meter).
Daraus folgt: Dieser Raum hat eine Fläche von 12 Quadratmetern.
Bleiben für den kleinsten Raum 8 Quadratmeter.

Aufgabe 20
Natseput hat
den Weg
in die Nachtwelt
im Tal
der Könige angetreten,
wo das höchste Wesen
rechts und links
von anderen Pharaonen
wie Echnaton
umgeben ward.

Aufgabe 21

Naila hat den Biss nicht gespürt, Herzrasen ist in so einer Situation normal. Sie kann ohne Einschränkung sehen, an einigen Stellen wird ihr Körper gefühllos. Diagnose: Uräusschlange. Passendes Serum: *Sublimenalincaputoraniphenal.*

Aufgabe 23

1) Echnaton
2) Amenophis
3) Cheops
4) Djoser
5) Nefertari
6) Senenmut
7) Tutanchamun

Aufgabe 25

Aufgabe 26
Die Pharaonen herrschten in dieser Reihenfolge:

1. Skorpion-König
2. Djoser
3. Imhotep
4. Thutmosis
5. Echnaton

Aufgabe 27
Natürlich wäre Schiefe Ebene B leichter zu bewältigen als Schiefe Ebene A, da sie nicht so steil ist. Es gibt sogar eine Formel, um den Kraftaufwand genau zu berechnen.

$$F_{G,\|} = F_G \cdot \frac{h}{l}$$

Aber am einfachsten wäre es wohl, den Motor, der sich über den Rampen befindet und wohl während Sanierungsarbeiten vergessen wurde, mit einem Flaschenzug zu verbinden und so den Sarkophag wieder nach oben zu hieven.

Aufgabe 28
Vom Delta bis zur Quelle liegen die Orte in dieser Reihenfolge:

1. Alexandria
2. Gizeh
3. Memphis
4. Tal der Könige
5. Abu Simbel

Aufgabe 29

Eine Möglichkeit wäre:

Das Kamel trottet mit 30 Scheffel auf dem Rücken los und macht nach zwanzig Meilen Pause. Dort legt es die verbliebenen zehn Scheffel ab und trottet wieder zum Start zurück. Hier wird die Prozedur noch zweimal wiederholt.

Dann liegen am Zwischenstopp dreißig Scheffel. Die werden dem Kamel aufgeladen und damit trottet es die restlichen zehn Kilometer bis zur Oase, wo dann zwanzig Scheffel verwertet werden können.

Das ist besser als nichts, und somit wäre das Problem gelöst. Es geht aber noch einen Tick besser.

Das Zauberwort heißt: zwei Zwischenlager.

Das erste Zwischenlager wird zehn Meilen nach dem Start eingerichtet. Das zweite fünf Meilen vor dem Ziel.

Zuerst trottet das Kamel dreimal mit jeweils 30 Scheffeln auf dem Rücken zum ersten Rastplatz. Da pro Tour 10 Scheffel für Verpflegung draufgehen, lagern hier nun 60 Scheffel Getreide.

Nun macht sich das Kamel zweimal auf die Reise zum nächsten Zwischenstopp, der wie erwähnt 5 Kilometer vorm Ziel liegt. Auf jedem dieser beiden Trips verbraucht das Kamel fünfzehn Scheffel, worauf an dem letzten Rastplatz vor dem Ziel nun wieder dreißig Scheffel liegen. Mit dieser Last auf den Höckern steuert das Kamel das Ziel an. Da bei diesem letzten Abschnitt 5 Scheffel als Treibstoff verbraucht werden, kommen schließlich 25 Scheffel in der Oase an.

Besser geht es nicht.

Aufgabe 30

In den Reisen des Pharaos werden zwei Zahlen beschrieben. Die erste Reise malt die Zahl »Eins« auf die Kompassnadel, die zweite die Zahl »Sieben«.

Aufgabe 31

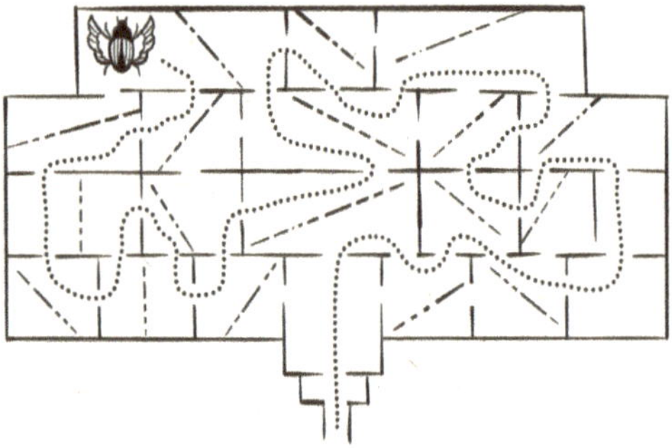

Aufgabe 32

Selbst wenn man einfach nur rumprobiert, wird hier schnell deutlich, dass Geometrie in solchen Situationen gerne Schönheit anstrebt.

Ein langer Streifen Land, sagen wir 1 Meter breit und 49 Meter lang, sieht nicht nur doof aus, sondern bietet auch wenig Raum. Sollten wir beim Rechteck bleiben, bietet natürlich ein Quadrat die beste Fläche. Mit einer Kantenlänge von 25 Metern werden 625 Quadratmeter bedeckt.

Aber es geht noch besser. Ein Kreis mit einem Umfang von 100 Metern hat nicht nur einen Durchmesser von über dreißig Metern, er bedeckt auch mehr Fläche, fast 800 Quadratmeter.

Aufgabe 33

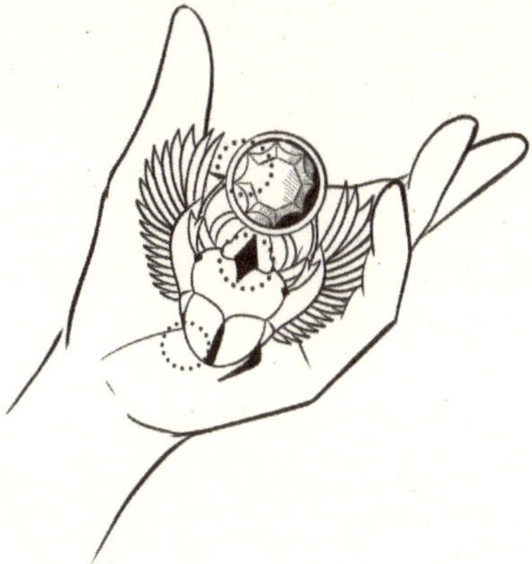

Aufgabe 34
Die Anzahl der Buchstaben in dem Satz über dem Code bestimmt die Zahl. Das fünfte Wort »Chance« hat sechs Buchstaben, somit wäre die fünfte Ziffer klar. Tricky wird es bei der letzten Ziffer. »Klar« hat vier Buchstaben, doch diese Antwort wäre falsch. Denn das Ausrufezeichen steht hier für den mathematischen Begriff »Fakultät«,
also 4! = 1 x 2 x 3 x 4 = 24.
Die korrekte Kombination lautet also: 3–3-4–6-5–24

Aufgabe 35
Von Unterhaltskosten und Ärger abgesehen, hatte der Beduinenfürst am Ende Gewinn gemacht. Den Ausgaben von 100 und 120 Pfund (Gesamt 220) stehen Einnahmen von 110 und 130 Pfund gegenüber. Bleibt am Ende ein Gewinn von 20 Pfund.

Aufgabe 36
Die Teilung in vier gleich große Stücke durch zwei Schnitte ist einfach. Entscheidend ist der dritte Schnitt. Der wird nicht

horizontal – also von oben nach unten – sondern vertikal geführt. So werden mit einem Schnitt aus 4 Stücken acht.

Aufgabe 37
Guckst du hier.

Das Kästchen darüber bildet immer die Summe der beiden darunter liegenden Kästchen.

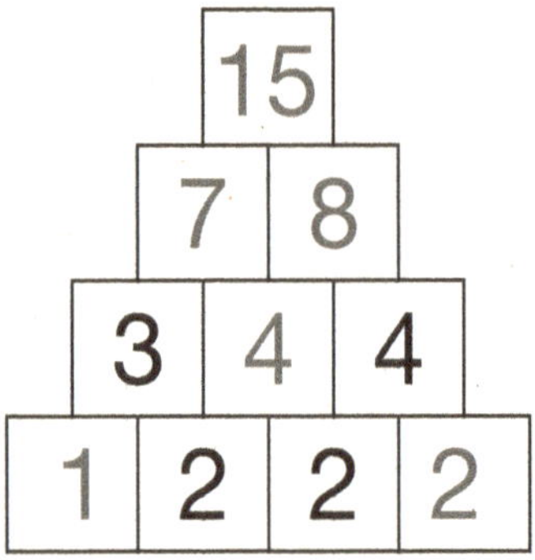

Aufgabe 38

1-C
2-E
3-A
4-H
5-B
6-D
7-F

Aufgabe 39
Antwort D: Die Affen wurden dressiert.
Alle anderen Antworten werden durch die Details im Bild entkräftet.
Gegen A spricht: Die Leute haben Stöcke dabei und wirken entspannt.

B: ist nicht falsch, aber irrelevant.
C: Verehrung sieht anders aus.
E: Bei einer Konfrontation würden die Stöcke nicht auf dem Boden liegen.

Aufgabe 40
Wäre dann eine Zeichnung des Münzstapels.

Aufgabe 41
Natseput hatte keinem der Kinder echte Bohnensamen gegeben, sondern Steine. Als die Jungs merkten, dass in ihrem Beet nichts sprießte, tauschten sie die Steine gegen echte Bohnensamen aus und hofften, so zu punkten. Das Mädchen ließ den Stein in der Erde und bewies so seine Ehrlichkeit.

Aufgabe 42
Skorpion-König ist Pharao von Oberägypten. Er herrscht in Theben und trägt die weiße Krone (Schemes).
Menes ist Pharao des vereinten Ägyptens. Er herrscht in Luxor und trägt die Doppelkrone.
Imichet ist Pharao von Unterägypten. Er herrscht in Memphis und trägt die rote Krone (Pschent).

Aufgabe 43
Die Lotusblüte wächst in Potenz, also $2^0, 2^1, 2^1$ usw.
Am 29. Tag, einen vor der vollständigen Bedeckung des Sees, wäre die Hälfte bedeckt.
Bei zwei Lotusblüten ginge das Ganze – entgegen den Erwartungen – auch nur einen Tag schneller. Da wäre die Hälfte des Sees nach 28 Tagen bedeckt.

Aufgabe 44
Bei der ersten Aufgabe ist die Sache schnell klar. Gesucht wird

die Wurzel aus 81. Die ist neun. Und damit haben wir den ersten Posten geklärt: 9 Sphinxen stehen noch im Regal.

Bei der zweiten Gleichung kennen wir schon die Zahl. Wir müssen nur 36 durch 9 teilen. Das Ergebnis ist vier, die Wurzel von vier ist zwei. Damit steht fest: Ankh-Figuren gibt es nur noch zwei.

Bei der dritten Aufgabe müssen wir an die Punkt-geht-vor-Strich-Rechnung-Regel denken. Außer den Pharao-Figuren kennen wir schon alle Variablen.

AA – 9 x PPP = 4

Dennoch wird es hier tricky. Wir wissen, dass die Ankh-Figuren für zwei stehen. Das heißt also:

4–9 x PPP = 4

Hm. Diese Gleichung geht nur auf, wenn von den Pharao-Figuren keine mehr da ist, sie also für »null« stehen. Dreimal null ist wie einmal null einfach nur – null.

Mit diesem Wissen lässt sich dann auch die letzte Gleichung lösen.

9 x 2 + 0 = 18

Aufgabe 45
Okay, die trockene Formellösung würde lauten:
Formel 1
Eimer A + Eimer B = 15 Liter
Formel 2

Eimer A = 1/2 Eimer B

Nun könnte man Formel 2 in Formel 1 einsetzen, alles nach B umstellen und die Lösung wäre da.

Wir wissen aber schon, dass Eimer A halb so groß ist wie Eimer B. Wenn wir Eimer A und Eimer B als einen Super Eimer mit einem Fassungsvermögen von 15 Litern denken, dann fasst Eimer A nicht mehr die Hälfte, sondern nur noch ein Drittel.

Ein Drittel von 15 Litern ist 5 Liter, also das Fassungsvermögen von Eimer A, da in Eimer B das Doppelte reingeht, kann der mit 10 Litern gefüllt werden.

Aufgabe 46

Eine mögliche Lösung findest du auf dem abgebildeten Schachbrett. Versuch ruhig einmal, nur die Züge nachzuvollziehen, selbst das verlangt schon einiges an Konzentration.

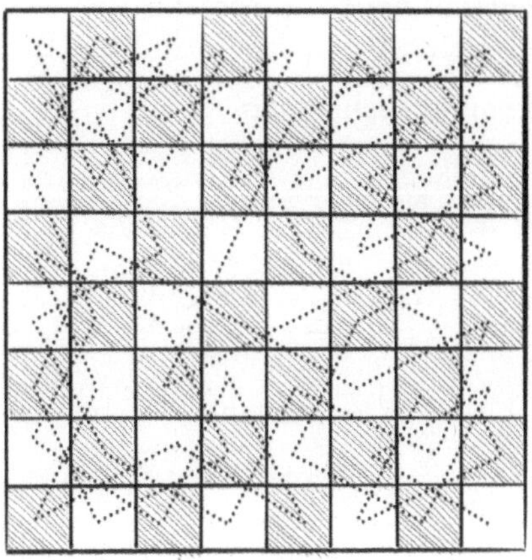

Aufgabe 47

Die am weitesten rechts stehende Mumie ist gemeint.

Aufgabe 48

Vom Podium aus gesehen sieht Joanna die Besucher so (von links nach rechts):

Myrtle Turtle – Cambridge Man – Karam – Prof. Wartham-Nogg

Aufgabe 50

Das Gesicht von Prof. Wartham-Nogg spricht Bände.

Aufgabe 51

Auf dem echten Stein von Rosetta waren drei Sprachen vertreten:

- Ägyptisch (Hieroglyphen)
- Griechisch
- Demotisch (ägyptische Alltagssprache)

Auf dem Fund von Jeff sehen wir:

- Hieroglyphen
- Griechisch
- Arabisch

Arabisch als Schriftsprache entstand erst ab etwa 400 n. Chr.

Aufgabe 52

Ja, es wird jurassisch. Aber kein Spaziergang im Park.

Bildnachweise

Der Weg ins Abenteuer, S.13 – Mira Schmidt
Das geheimnisvolle Institut, S.15– Mira Schmidt
Anubis, S.17 – Shutterstock, Stock Vector ID 2 220 452 151
Hieroglyphen üben, S.19 – Mira Schmidt
Der neue Pharao, S.23– Mira Schmidt
Wie kam der Dieb herein?, S.27– Mira Schmidt
Calling Karam, S.29 – Mira Schmidt
Die erste Spur, S.34 – Mira Schmidt
Flucht durchs Labyrinth, S.36 – Mira Schmidt
Multibillionär, S.40 – Mira Schmidt
Verschlüsselte Botschaft, S.46 – Mira Schmidt
Telefontastatur, S.47 – Shutterstock, Stock Vector ID 1 329 793 088
Fahren nach Gehör, S.49 – Mira Schmidt
Abu Simbel, S. 52 – Shutterstock, Stock Vector ID 2 294 183 137
Tal der Könige, S.54 – Shutterstock, Stock Vector ID 1 040 061 685
Grafik Lagerhaus, S.58 – Theresa von Zepelin, Bastei Lübbe
Sphinx, S.61– Shutterstock, Stock Vector ID 1 699 791 415
Schaduf, S.67– Shutterstcok, Stock Photo ID 85 954 348
Schüssel aus Grab Thutmosis, S.73 – Shutterstock, Stock Vector ID 441 039 703
Grabkammern, S.75 – Mira Schmidt
Kobra/Pharao, S.86 – Shutterstock, Stock Vector ID 1 049 560 565
Senet (in Ausschnitten), S.88/89 – Shutterstock, Stock-Vektorgrafik ID 2 074 324 942
Bastet, S.97 – Shutterstock, Stock-Vektorgrafik ID 2 012 364 143

Cat Content, S.98 – Mira Schmidt
Flaschenzug, S.103 – Mira Schmidt
Nilgeografie, S.107 – Mira Schmidt
Kamele, S.111 – Shutterstock, Stock Vector ID 1 301 792 380
Grabkammer öffnen, S.114 – Mira Schmidt
Mission Impossible, S.117 – Mira Schmidt
Original und Fälschung, S.123 – Mira Schmidt
Krokodil, S.128 – Shutterstock, Stock-Illustration ID 2 148 196 391
Zahlenpyramide, S.136 – Theresa von Zepelin, Bastei Lübbe
Pyramiden, S.137 – Shutterstock, Stock Vector ID 1 149 620 561
Goldschatz, S.144 – Mira Schmidt
Tabelle, S.151 – GGP Media GmbH
Lotus, S.152 – Shutterstock, Stock-Illustration ID: 2 053 640 369
Bestandsaufnahme Souvenirshop, S.157 – Mira Schmidt
Gehen wie ein Ägypter, S.163 – Mira Schmidt
Mummy Knows Best, S.167 – Mira Schmidt
Die Präsentation im VIP, S.173 – Mira Schmidt
Das Erfolgserlebnis, S.176 – Mira Schmidt
Gypts das wirklich / Stein, S.178 – Mira Schmidt
Dinos (in Ausschnitt/en), S.182 -Shutterstock, Stock-Vektorgrafik ID 1 158 744 733
Der Weg ins Abenteuer / Lösung, S.184 – Mira Schmidt
Sudoku / Lösung, S.184 – Mira Schmidt
Der neue Pharao / Lösung, S.185 – Mira Schmidt
Flucht durchs Labyrinth / Lösung, S.186 – Mira Schmidt
Fahren nach Gehör / Lösung, S.187 – Mira Schmidt
Grafik Lagerhaus / Lösung, S.188 - Theresa von Zepelin, Bastei Lübbe
Cat Content / Lösung, S.191 – Mira Schmidt
Grafik Gleichung, S.192 – GGP Media GmbH
Mission Impossible / Lösung, S.194 – Mira Schmidt
Original und Fälschung / Lösung, S.195 – Mira Schmidt

Grafik Pyramide / Lösung, S.196 - Theresa von Zepelin, Bastei Lübbe
Gehen wie ein Ägypter / Lösung, S.199 – Mira Schmidt